LES IMBATTABLES

Sarah Maeght est professeure de Lettres. Elle est l'autrice de *C'est où, le Nord ?* et de *Les Imbattables*. Elle a aussi écrit plusieurs ouvrages pédagogiques sur des romans contemporains ainsi qu'une anthologie pédagogique intitulée *Femmes engagées*.

Paru au Livre de Poche :

C'EST OÙ, LE NORD ?

SARAH MAEGHT

Les Imbattables

ROMAN

JC LATTÈS

ISBN : 978-2-253-07874-6 – 1re publication LGF

VENDREDI

— Tu as tué un pigeon !

À genoux sur le trottoir, Basile prend le pouls d'un oiseau qui agonise dans le caniveau. Les parapluies défilent, les bottes des passants éclaboussent son cartable. Je m'accroupis à sa hauteur, relève la visière de sa chapka orange :

— Je ne l'ai pas tué Basilou, il s'est jeté sous mes pieds.

— On m'a trompé, c'est moi, le pigeon plumé.

— Comment ça ?

— Tu n'es pas baby-sitter, tu es serial-killer.

— Je n'ai jamais tué personne. Lève-toi.

— Je n'abandonnerai pas Michael.

— Parce qu'il a un nom, ton pigeon ?

— C'est la réincarnation de Michael Jackson.

— Debout, s'il te plaît. On va encore arriver en retard au collège, ta mère va me tuer.

— Tu as tué Michael !

Sa mère m'a prévenue mille fois. « Quand il fait une crise, impossible de le raisonner. Il explose. Évite ça à tout prix. Va dans son sens, calme-le avant qu'il ne soit trop tard. »

— Bon. Admettons que t'aies raison…

— J'ai raison. À l'indicatif.

— Tu crois vraiment qu'elle lui plaisait cette vie à Michael Jackson ? Se faire mazouter par les bagnoles à longueur de journée, manger des croûtons moisis, se laver dans des gouttières crasseuses…

Le pigeon couine et meurt dans un spasme.

— C'était le roi de la pop, je conclus. Pas du trottoir de Paris.

Basile réfléchit un instant et se relève.

— Tu es très perspicace. Allons-y.

Je sors un sachet de biscuits de ma veste en jean.

— Tu veux ton petit déjeuner ?

— Ce sont les sans gluten, 90 % cacao ?

— Comme d'habitude.

Il engloutit les gâteaux les uns après les autres.

— Mâche, je dis, mange dou-ce-ment.

— Il pleut.

— Et alors ?

— Je préfère mon petit déjeuner quand il est sec.

Les miettes saupoudrent l'écusson de son polo : « École Saint-Jean, classe de 6ᵉ ». Il a sauté une classe et sa mère croit qu'il s'intègre mieux depuis qu'il est dans une institution privée. J'ai essayé plusieurs fois de lui dire qu'avoir neuf ans, au collège, c'est difficile. Je lui ai parlé des stylos cassés dans sa trousse et des chewing-gums collés entre les pages de ses cahiers, elle dit qu'il faut que Basile s'endurcisse.

— Que vas-tu faire, ce matin ? il demande.

— Je passe à l'oral sur une explication de texte.

— Quel texte ?

— *Antigone*, je dis.

— Antigone. Fille d'Œdipe, nièce de Créon, fiancée de Hémon…

— Je suis au courant.

— La mythologie est une de mes grandes spécialités.

— Je sais.

Basile me prend la main.

— Tu sais beaucoup de choses. Tu es une baby-sitter exceptionnelle.

« *Direct Matin.* Bonjour ! » Place des Batignolles, le livreur de journaux s'époumone à la sortie du métro. Il a la trentaine, il est grand, il est beau sous la pluie. Malgré son gilet rouge, son chariot rouge et sa casquette rouge, les Parisiens passent devant lui sans s'arrêter.

— *Direct Matin*, messieurs dames ! La Seine toujours en crue en cette fin du mois de mai, l'eau va-t-elle inonder les quais ?

À la Une, une publicité pour les légumes Cassegrain : un lapin, fourchette au poing, s'apprête à dévorer une assiette de petits pois carottes. Une gamine en trottinette nous dépasse et se plante devant le livreur.

— Vous avez de la ratatouille ?

Il chasse une mèche noire de son nez busqué.

— Pardon ?

— À Châtelet, ils donnent des boîtes de ratatouille avec le journal. Ma mère veut que j'en ramène.

— Les échantillons publicitaires sont réservés aux stations de métro les plus fréquentées, il récite.

— Alors garde ton journal.

Elle repart, heurte le chariot qui s'écroule sur le trottoir. La pile de journaux s'effondre, les lapins Cassegrain gondolent dans les flaques.

Le livreur se précipite pour en sauver un de la noyade et me le tend.

— *Direct Matin* ?

Il plante ses yeux en amande dans les miens. Passe de mon œil droit à mon œil gauche. Je sais ce qu'il va dire. Tous les gens qui me rencontrent me disent la même chose.

— Un gris, l'autre bleu. Comment on dit, déjà ?

— Vairon.

Ma mère m'a raconté que, pendant l'accouchement, le forceps a éraflé ma rétine gauche. C'est pour ça que mes yeux n'ont pas la même couleur.

— Vous êtes nouveau, n'est-ce pas ? dit Basile. Je ne vous ai jamais vu auparavant.

— J'ai commencé aujourd'hui.

— Je m'appelle Basile, il dit en lui tendant la main. Quel est votre nom ?

— Adam.

— Je vous présente Victoire. Vous avez les dents du bonheur en bas. C'est rare. Je n'ai jamais vu cela. Vous devriez vous faire poser un appareil dentaire. C'est très bien remboursé par certaines mutuelles.

— Basile, on va louper le bus !

J'arrache le journal des mains du livreur.

— Merci ! À bientôt !

— Salut Basile ! Salut Victoire !

Planté sur ses jambes écartées, Basile refuse de toucher la barre en métal du bus. Il pense aux

562 espèces de bactéries, dont 67 pathogènes, qui y vivent.

— Basilou, ta chapka. Il fait chaud.

Je lui enlève, ses cheveux châtains coupés au bol rebiquent sur sa nuque trempée de sueur.

— Tu le trouves extrêmement séduisant, le livreur de journaux.

Je fais la moue, hausse les épaules.

— Victoire, tu ne dis jamais ce que tu penses. Tu étais contente qu'il remarque tes yeux ?

— Ça m'est complètement égal.

C'est faux. Quand on me parle de mes yeux, je me sens unique.

— Toi, tes dents sont alignées, dit Basile.

— Encore heureux… je me suis tapé quatre ans d'appareil dentaire.

— De quelle couleur étaient les bagues de ton appareil dentaire ? Celles de Yannis, en 5e B, sont bleu turquoise. Et les tiennes ?

— Vertes, jaunes et rouges. Comme Bob Marley. Je voulais plaire à un garçon fan de reggae.

— Comment s'appelait-il ?

— Robin.

— Est-ce qu'il est tombé amoureux de toi ?

Je ne veux pas penser à Robin.

— Alors ? insiste Basile.

— On a été ensemble pendant un an. C'est fini.

Le bus prend un virage serré, Basile perd l'équilibre, se rattrape à la barre et grimace, horrifié. J'ouvre la pochette avant de son cartable, lui tends son flacon de gel antibactérien.

— Tu ne fréquentes plus du tout Robin ? il demande en se badigeonnant les doigts.

Je grince entre mes dents :

— Non, mais je le vois partout.

— Qu'est-ce que tu dis ?

Je lui tends le journal.

— Lis-moi mon horoscope, s'il te plaît.

Il l'ouvre à la dernière page :

— Can-cer !

Je suis Capricorne, mais depuis la rentrée, je laisse Basile choisir.

— T'es sûr ? C'est un jour très important pour moi.

— Can-cer ! Vous aurez l'occasion d'apprendre à dire non sans culpabiliser.

— Intéressant.

Il arrache la page de l'horoscope, la plie en quatre et me la donne. Je l'enfonce dans ma poche. Des jumeaux montent dans le bus, ils partagent une paire d'écouteurs. Le plus grand bouscule Basile, l'autre siffle « cccccccingl顠».

J'attrape le gamin par le bras.

— T'as dit quoi, là ?

— Je parlais pas de lui, madame.

— Fais gaffe, OK ?

Il hausse les épaules, rejoint son frère qui l'attend au fond du bus, hilare.

— Tu les connais ? je demande à Basile.

— Oscar et Romain Scarmoncin. D'habitude, ils viennent au collège en skateboard. Ils sont très populaires. C'est en partie parce qu'Oscar distribue des bonbons à la récréation.

— Ils t'embêtent souvent ?

— Oui.

Petits cons. Je les imagine étranglés par le fil de leurs écouteurs, me suppliant d'arrêter de les torturer.

— Je vais en parler à ta mère.

Il attrape ma manche.

— Ne lui dis rien du tout, elle va croire que je suis un raté.

— Elle sait très bien que t'es génial.

Au fur et à mesure qu'on s'approche du collège, la main de Basile devient de plus en plus moite dans la mienne. Je la serre doucement.

— Ça va aller, Basile.

— Je ferai mon maximum pour que cette journée se passe bien.

Devant la grille du collège, trois filles en legging font des selfies avec des filtres qui leur dessinent des oreilles de lapin et des lunettes étoiles.

— Je la poste sur Snap. Qu'est-ce que je mets en légende ?

— Un cœur, avec « le sang de la veine ».

— Grave bien.

— Bonjour les filles ! lance Basile.

Elles posent sur lui un regard navré, retournent à leurs téléphones.

J'ouvre un bouton de son col, range sa chapka dans son cartable.

— À ce soir, Basilou.

— À ce soir, criminelle.

— Reste pas tout seul à la récré.

— Je ferai de mon mieux.

Je marche vers la gare Saint-Lazare en surveillant le nombre de pas sur mon téléphone. 12000. D'après changersoncorps.com, il en faut 20000 par jour. J'entre au Monoprix. Ils viennent de faire le ménage et ça sent la javel. Le matin, il n'y a jamais de vigile. Au rayon gâteaux, je fourre un paquet de cookies dans ma manche. Au rayon conserves, je fais tomber trois boîtes de sardines dans mon sac à dos. Je déteste les sardines, mais quand je commence à voler, je n'arrive plus à m'arrêter, je pourrais faire ça pendant des heures. J'attrape une banane, la tends à la caissière, souris : *Bonjour madame, il fait beau aujourd'hui, non ?* Le truc pour ne pas se faire piquer, c'est de jouer les filles innocentes et gaies.

Je sors du magasin, je suis la reine du fric-frac, j'ai gagné dix centimètres. Je croque un cookie. Bien croustillant, les pépites de chocolat collent sur mes dents, la pâte sucrée me remplit la bouche. J'avale. J'avale. J'avale. J'en mange un, j'en mange deux, j'en mange trois. 502 calories. J'en prends un autre. Non. Je l'émiette, le lâche sur le trottoir. Je croise le regard d'une fille longiligne en trench beige. Elle doit penser que je n'ai aucune allure, que je suis grosse, que je ne devrais pas me goinfrer de gâteaux. J'abandonne les cookies sur le rebord d'une fenêtre, vérifie mon reflet dans la vitre d'une boulangerie. C'est vraiment moi cette fille tassée dans son jean ? C'est encore pire que ce que je croyais. Le matin, dans le petit miroir de ma chambre, je ne me vois pas en entier.

Je cours jusqu'au métro pour prendre la ligne 14, direction la fac. Derrière un camion-poubelle, un éboueur déplie un sac plastique et s'agenouille pour prier, paumes ouvertes vers le ciel. Je serre la petite croix en argent que je porte au ras du cou. Faites que je réussisse mon explication de texte, que je ne bégaye pas, que je ne m'embrouille pas dans mes fiches… Faites que j'aie une bonne note, que ce soit moi qui décroche l'échange avec Middlebury College, aux États-Unis.

Moi, moi, moi.

Et pas Chloé Banzet.

Au premier rang de l'amphi bondé et bruyant, elle occupe trois places. Une pour elle, une pour sa veste, une pour son sac. Elle croise et décroise ses ballerines noires, passe les doigts dans sa masse de cheveux blonds. Elle est parfaite. Même ses yeux bleus semblent avoir été achetés aux Galeries Lafayette. Je me demande si un jour j'arrêterai d'avoir envie d'être quelqu'un d'autre que moi.

— Je peux m'asseoir ?

Elle pose son sac sur la table, décale son ordinateur.

— J'ai cru que tu ne viendrais pas.

— J'étais au baby-sitting, je dis en ouvrant ma trousse.

— Je sais pas comment tu fais pour avoir un job, avec tout le boulot qu'on a…

— J'ai pas le choix.

Je sors mes fiches, numérote les pages pour ne pas m'embrouiller, barre un mot de ma deuxième partie, ajoute une virgule dans ma phrase d'accroche.

— T'es prête pour l'oral ? je demande.

— Hyper prête. J'ai bossé toute la nuit.

Elle jette un œil sur ma fiche, gratte la tranche dorée de la Pléiade d'Anouilh, entortille le ruban marque-page autour de son doigt à l'ongle rongé.

— Mais on est toujours perfectible, elle ajoute.

Elle serre le ruban autour de son doigt de plus en plus fort, comme pour ficeler un petit rôti. Ça me fait penser à un article que j'ai lu sur internet. Il arrive que des cheveux perdus s'enroulent autour des orteils des bébés et qu'on doive les amputer. Ça s'appelle le syndrome du cheveu étrangleur.

La porte de la salle s'ouvre sur M. Charron, il flotte dans un costume marron. Ses yeux sont deux raisins secs plantés dans un visage aux joues molles et blanches. Un visage riz au lait. C'est mon prof préféré. Je note souvent ses phrases dans les marges de mon cahier.

« Cet été j'ai relu Horace dans un état d'extase, attaqué par les guêpes. En latin hein ! En français, c'est horrible. »

« Prenons une petite dose de Pascalite. Et une de Scaronnite aussi. Ça fait du bien. »

Il lâche son cartable sur son bureau.

— Deux explications de texte aujourd'hui, n'est-ce pas ? Tant mieux, je vais pouvoir me reposer un peu.

Cette phrase-là, je ne la noterai pas. Je serre ma petite croix, ronge mon stylo déjà déchiqueté. Faites que je ne passe pas en premier, pas en premier, pas en premier…

— Victoire, au tableau.

Face à l'amphithéâtre, j'aligne mes fiches ; mes oreilles chauffent, des plaques rouges grimpent sur mon cou, mes joues. Une jolie Italienne qui s'appelle Julia me sourit, un garçon dont j'oublie tout le temps le nom me fait un petit signe d'encouragement. Pitié, faites qu'ils ne m'écoutent pas, qu'ils remplissent le sudoku de *Direct Matin* derrière leur trousse. Un rideau métallique tombe dans mon cerveau. Je ne saurai pas construire des phrases. J'ai plus d'idées, mon plan est nul. Je n'y arriverai jamais.

Stop.

Mains à plat sur la table. Dos droit. Épaules en arrière. Sourire. Introduction, lecture du texte, problématique, plan, argument, exemple, explication de l'exemple.

Je fixe la table. Gratte du bout de l'ongle l'inscription gravée dans le bois : « Nique ta mère, Œdipe ».

Le professeur fait grincer sa chaise.

— Quand vous voudrez, mademoiselle.

Inspiration, expiration, je lis mon introduction :

— Tous les personnages de la pièce s'accordent à le dire. Il n'y a pas si longtemps, Antigone était encore une enfant…

Cent huit.

Cent neuf.

Cent dix.

Basile fait le tour de la cour du collège. Le cordon de sa chapka orange lui gifle le visage. S'il ne fait pas cent douze tours avant la fin de la récré, toute la journée sera déréglée. C'est sûr. Son blouson flotte derrière lui, sa bouche imite un décollage de fusée. Les garçons de sixième jouent au foot avec un ballon en mousse gorgé de pluie.

Le ballon frappe le jean de Basile.

— Dix points pour les bleus !

Oscar le bouscule :

— Cinglé.

Il tape la balle qui s'envole dans une grande gerbe d'eau.

Basile accélère pour terminer son cent dixième tour. Cinglé Cin-glé CIN-GLÉ ! L'insulte rebondit dans son cerveau. Le ballon frappe l'arrière de son crâne, Oscar hurle :

— LA TÊÊÊTE ! CENT POINTS !

Basile se fige, des rigoles tièdes coulent dans le col de son pull. L'eau de pluie contient des déchets végétaux, déjections animales, suie, polluants, micro-organismes…

Salmonellose.

Le ballon roule contre un arbre. La sonnerie retentit. Basile court pour finir son dernier tour et se poste devant la salle de classe. Derrière lui, les élèves chahutent. Il voudrait leur ordonner de se taire, de se ranger dans le calme. Mais sa mère dit que personne ne veut être ami avec un enfant autoritaire.

Mme Soulier, professeur de français, s'avance vers eux. Elle fait entrer les élèves un par un, Basile lui tend la main.

— Bonjour madame Soulier !

Mme Soulier accueille toujours les élèves avec un sourire aimable et distant.

Basile s'assied à sa place, au premier rang, contre le mur. Un coin du planisphère est décollé. Basile s'interdit de le regarder. Il lit les affiches des élections des délégués.

« Pour une vie plus belle, votez Annaëlle. »

« Coline, #pizzasburgersfritesàlacantine. »

« Tous pour la 6ᵉ A, tous pour Eva ! »

Il aurait aimé se présenter :

« Avec Basile, le collège c'est facile. »

« Avec Basile, pas de tuile. »

« Votez Basile, en plein dans le mille ! »

Assis derrière lui, Oscar enfonce l'extrémité de sa règle dans sa nuque.

— Ça va, Baz-débile ?

— Je vous rappelle que lundi, nous partons en voyage de classe à Omonville-la-Petite, dit la prof. Qui a vécu à Omonville ?

Basile lève la main.

— Jacques Prévert. Né en 1900 à Neuilly-sur-Seine. C'est mon poète préféré.

— Attends que je t'interroge, s'il te plaît. Les autres élèves aussi ont le droit de participer.

— Ma réponse est exacte et précise. Je le sais car l'année dernière, ma mère a élaboré les décors de *L'Opéra de la Lune*, de Jacques Pré…

— On le sait ! lance Cassandra.

— Et on s'en fout, dit Oscar.

Mme Soulier fait semblant de ne pas avoir entendu, sort un paquet de feuilles de son sac.

— Aujourd'hui, nous allons travailler en groupe. Mettez-vous en binômes.

Les enfants crient, se tapent dans les mains, poussent les tables, les chaises. *Non c'est toi qui bouges, c'est ma place, t'avais dit que tu te mettais à côté de moi…*

Les yeux sur sa trousse, Basile l'ouvre et la referme, l'ouvre et la referme.

— Madame, dit Jessica, je peux me mettre avec Lola et Clarisse ?

— Un binôme, c'est deux personnes. Tu vas travailler avec Basile.

— Mais madame, on peut rien faire avec lui, il veut tout commander.

Basile se mord la bouche, arrache une petite peau morte sous sa lèvre, aligne son cahier au bord de la table, ordonne ses crayons à l'aide de sa règle, séparés par trois millimètres précisément.

— Jessica, tu obéis.

Elle se laisse tomber sur sa chaise :

— Chacun pour soi, le cinglé. Tu fais les trois premières, je fais les trois dernières.

— Si tu as besoin d'aide, n'hésite pas à me solliciter. Je suis très perspicace et je connais Jacques Prévert par cœur. Savais-tu qu'il a habité la Cité Véron et qu'il était le voisin de palier de Boris Vian ? Sais-tu quand est né Boris Vian ?

Levant les yeux au ciel, Jessica lui tourne le dos.

— T'es tellement chiant.

Les coudes sur la table, Basile lit le texte en remuant les lèvres.

« *Des milliers et des milliers d'années*
Ne sauraient suffire
Pour dire
La petite seconde d'éternité
Où tu m'as embrassé[1] »…

— Je comprends rien, soupire Jessica.

— Le contraire d'éternité, c'est éphémère, explique Basile. Pense aux hérissoneaux qui perdent leurs parents et leurs nids, victimes des tondeuses de jardin. Les mouches les attaquent et pondent des œufs sous leur peau, les œufs deviennent des larves qui dévorent les hérissons de l'intérieur.

— Et en plus tu racontes des trucs dégueulasses !

— Les enfants, lance Mme Soulier, appuyez-vous bien sur le texte pour répondre aux questions !

Basile pose les deux mains à plat sur la feuille, pousse de toutes ses forces sur la table, se lève, appuie encore.

---

1. « Le Jardin », *Paroles*, Jacques Prévert, Gallimard, 1949.

— Madame ! Il fait une crise ! crie Jessica.
— Basile, que fais-tu ?
— Je m'appuie sur le texte.

Un fou rire secoue la classe.
— Cinglé ! lance Oscar.

Cinglé.
Cinglé.
Cinglé.
Basile frotte sa bouche, ses ongles grattent la plaque d'eczéma sous son menton. Ça brûle, ça pique, ça fait mal, mais s'il s'arrête, ça fera encore plus mal. Des peaux mortes tombent sur son cahier. Son père hurle dans sa tête : « Arrête de te gratter, ça te donne un air débile, tu vas encore avoir une gueule de clown. Tu vas me rendre dingue. Va dans ta chambre. Dégage. DÉGAGE ! »
— Basile, calme-toi.
C'est Mme Soulier. Sa voix d'abord lointaine, comme derrière un mur, éclate dans ses oreilles.
— Basile, Basile ! Assieds-toi.
Il obéit, plaque les mains sur ses oreilles, relit le poème de Jacques Prévert.

« Des milliers et des milliers d'années
Ne sauraient suffire
Pour dire »…

Les larmes brouillent les lignes. Il écrase son poing sur ses cils. Il ne faut pas pleurer. Il faut travailler et sourire.
Il faut faire de son mieux.

« Secrétariat des professeurs et étudiants de la licence Lettres modernes de l'université Paris Diderot ».

C'est un long nom pour un petit bureau, rempli de cartons empilés jusqu'au plafond.

Je pousse la porte vitrée, ça sent le papier d'Arménie et la photocopie chaude.

— C'est quand même pas compliqué, dit Lilia. Appuyez sur A3, et sur le bouton vert !

Elle me fait signe de m'asseoir, me tend un Tupperware rempli de pâtisseries orientales. Je jette un œil aux pâtes d'amande dans les corolles en papier, écarte la boîte. J'ai réussi à ne rien avaler à midi. Pour compenser les cookies.

— Bouton vert ! Marche ! (Elle raccroche.) Je te jure, j'en peux plus de ces intellectuels, pas foutus de faire marcher une imprimante. Comment ça va, ma chérie ?

J'aime bien quand Lilia m'appelle ma chérie.

— Très bien. Et toi ? Est-ce que M. Charron a apporté les notes des explications de texte ?

— Tu vas attendre la publication des résultats, comme tout le monde.

— Je t'en supplie, Chloé a été géniale, elle ne lisait même pas ses notes.

— La merveilleuse et parfaite Chloé… dit Lilia.

— Exactement.

— Elle réussit tout, n'est-ce pas ?

— Oui.

— Alors que toi, t'es nulle ?

Elle soulève le coin d'une pochette et siffle sur trois notes de musique.

— Combieeeeeen ?

Je trépigne.

— 17 !

— Et Chloé ?

— Ah non !

— Ah si ! Ça sert à rien d'avoir une bonne note si elle me bat.

— 16,5.

— Alors je suis repassée première ?

— C'est serré… va falloir carburer.

— Je vais rien lâcher.

Dans le Tupperware brillent les dattes fourrées, les pâtes d'amande roses, les cigares au miel. J'ai envie d'en mordre un, de l'avaler.

Lilia me tend la boîte.

— Allez. Pour fêter ta belle note.

— C'est au moins dix mille calories, tes gâteaux.

— Et alors ? Arrête un peu. T'es parfaite. Et j'en mange tout le temps moi, tu me trouves grosse ?

— T'es trop bien foutue, on dirait Rihanna. T'as fait quoi à tes cheveux ? T'as un rencard avec ton motard ?

Lilia dépose trois feuilles dans la photocopieuse, sourit.

— Et toi ? Quand est-ce que tu t'en trouves un, d'amoureux ?

— J'en veux pas. L'amour, ça me rend con et ça me ralentit.

— N'importe quoi, l'amour, ça donne de l'élan.

— Moi, c'est mon 17 qui me donne de l'élan. Allez, j'y vais, faut que j'aille récupérer Basile.

— Comment ça se passe avec lui ?

— Je m'ennuie pas... Mais lundi, il part en classe verte pour trois jours, je pourrai bosser, bosser, bosser.

— Tu sais que sa mère a encore annulé son cours la semaine prochaine ?

— Normal, elle file en Allemagne, à Dresde, pour la scénographie d'un opéra. C'est énorme. Elle joue sa carrière !

Lilia lève les yeux au ciel.

— Ça m'énerve !

— Qu'est-ce qui t'énerve ?

— Ces gens qui réussissent partout. Elle fait les décors pour le théâtre, elle a son nom dans les journaux, elle donne un cours à la fac, elle doit gagner plein de pognon...

— C'est vachement bien, ce qu'elle fait ! J'ai adoré ses cours, moi. J'adorerais avoir une carrière comme la sienne.

Je me jette sur la plus grosse datte, la grignote du bout des dents, l'avale.

— Trop bon.

Lilia ferme le Tupperware, le fourre dans mon sac avec trois feuilles de Sopalin.

— Tu partageras avec ta coloc'.

Elle me prend dans ses bras. Je me fige.

— Détends-toi, elle dit, fais-moi un VRAI hug…. Vooooilà. C'est mieux.

Je quitte la fac, ouvre la boîte, jette les gâteaux dans une poubelle. Adieu calories, glucides et cellulite. Je garde la boîte en plastique. J'aime les Tupperware. Ils sont pratiques, hermétiques.

Dans le bus, Basile tient une grande enveloppe marron contre son ventre. Il récite la liste des grands compositeurs. « Scarlatti, Bellini, Monteverdi, Donizetti, Puccini, Rossini… »

J'observe la buée formée sur la vitre.

— Tu m'écoutes ? dit Basile.

— Oui.

— Sais-tu quand est né le grand Rossini ?

— Imagine-toi que j'ai oublié.

— Gioachino Rossini, né le 29 février 1792 à Pesaro, sud de la Toscane.

Je trace une flèche courbée au bout de laquelle j'écris « Middlebury », l'entoure d'une constellation d'étoiles, me récite la brochure. Un campus dans les montagnes du Vermont, une bibliothèque ouverte toute la nuit, un chœur gospel, une salle de fitness, sept étudiants par classe maximum, une station de ski, trois dining hall… L'Amérique, l'Amérique, l'Amérique…

Basile m'interrompt.

— Sais-tu que la première du *Barbier de Séville* en 1816 fut un fiasco ?

— Tu ne vas pas me croire. Je ne m'en souviens plus…

— Don Basilio a chuté et s'est cassé le nez ! Et un chat noir a traversé la scène en plein spectacle.

— C'est dingue.

Du plat de la main, j'efface la buée, dévoilant le boulevard Barbès. Sur une colonne Morris, je vois l'affiche de la pièce *Bel-Ami*, avec le visage de Robin Saule en gros plan. Robin Saule et ses joues creuses, ses cheveux blonds, ses lèvres toujours gercées, ses baisers au goût de Labello à la noix de coco.

STOP.

Regarder ailleurs. Des hommes grillent des épis de maïs sur des caddies retournés. D'autres distribuent les cartes de visite des marabouts du quartier. La dernière fois que j'en ai pris une, elle disait « ADIEU la souffrance du cœur. Action à distance et immédiate. » J'ai failli téléphoner, et puis je l'ai laissée tomber sur le trottoir. Elles finissent toutes en bouillie sous mes semelles. De la bouillie de promesses. Comme celles de Robin : *je ne te tromperai plus jamais, j'arrêterai la coke, je te promets, je te promets, je te promets. Allez, on oublie tout ? Nous deux, c'est sacré. Je t'emmènerai à Florence, un petit café avec un grand verre d'eau sur la piazza del Duomo, une sieste dans le jardin de Boboli et le coucher de soleil au jardin Bardini. Promis, mon amour, promis.*

Basile désigne l'enseigne rose et bleu TATI.

— Et si nous allions faire un petit tour dans mon magasin préféré ?

— On n'a pas le temps. En plus c'est blindé de monde à cette heure, tu vas détester.

Il marmonne une série de chiffres, additionne les prix des housses de couettes, les tailles, se remémore la composition des garnitures, imagine qu'il ordonne les coussins, replace les étiquettes, calcule les pourcentages des promotions. Sa voix accélère, s'élève. En face de nous, un homme en bleu de travail soupire, augmente le volume de son iPod.

— C'est quoi ? je demande en montrant l'enveloppe de Basile.

— Un exploit unique…

— Allez, dis-moi.

Il en tire une feuille, la déplie devant lui telle une pancarte.

— Mademoiselle, je vous prie de recevoir mon bulletin trimestriel. Vous allez voir ce que vous allez voir !

— 19 en rédaction… T'es trop fort !

— Je suis très fort. Trop est un adverbe d'intensité qui marque l'excès.

Le regard de Basile se vide, il mâchonne le cordon de sa parka.

— Qu'est-ce qui te tracasse ?

Sans répondre, il se gratte le menton. Sa plaque d'eczéma rougit, des monceaux de peaux mortes tombent sur son jean.

— Arrête de te faire mal. Dis-moi ce que tu as dans la tête.

— Au voyage de classe de l'année dernière, je ne dormais pas très bien à cause des coussins burritos.

— Les traversins ? C'est rien. Je dirai à ta maman de mettre un coussin carré dans ta valise.

Il plaque les mains à plat sur sa cuisse, se redresse et déclare, solennel :

— Je vais enfin visiter la maison de Jacques Prévert, le plus grand poète de la terre !

— T'as trop de chance.

— Et tu viendras me chercher au retour du bus jeudi ?

— Oui Basilou, comme prévu.

— Tu ne seras pas en retard ?

— Est-ce que j'ai déjà été en retard ?

— Non, tu es très ponctuelle. C'est une de tes principales qualités. Tout se passera bien, alors ?

— Pourquoi tu voudrais que quelque chose se passe mal ?

Le bus s'arrête square des Épinettes. La pluie s'abat sur les vitres. Basile pousse un cri, saute sur le trottoir, je cours après lui. On traverse le jardin, des enfants jouent sous le toboggan. Une dame en K-way s'étire sur une barre de traction, un SDF dort sous un banc. Basile ouvre en grand le portillon, fonce jusqu'à la porte de son immeuble, il tape le code, se trompe, se frappe le crâne.

— J'en ai marre, marre !

Je passe la main au-dessus de lui.

— Calmos, prends ton temps. C'est 2309B.

Un saule pleureur déploie ses branches dans la cour de l'immeuble. La Vespa rouge de Léonore est garée contre le mur de l'appartement du rez-de-chaussée. C'est un ancien atelier de sculpteur aménagé en loft. Exactement le genre d'endroit dans lequel je voudrais vivre plus tard. Basile se jette sur la porte.

— Maman ! C'est moi ! Ton fils adoré ! Dépêche-toi. L'apocalypse me tombe sur la capuche !

— Arrête, je dis. J'ai les clés.

Le Barbier de Séville résonne dans le loft. Léonore l'écoute en boucle depuis six mois. Basile se met à chanter « Figaro ci ! Figaro là ! », il jette son blouson sur le piano, court dans sa chambre. Je m'assieds sur le banc en osier pour délacer mes bottines. La pluie s'est arrêtée et le soleil entre à flots par les grandes fenêtres à croisillons, il illumine le sol en béton ciré, les fauteuils suédois, les murs blancs. On dirait une aquarelle. Léonore sort de son bureau, cutter à la main, longue et mince dans une combinaison en jean. Des mèches blanches tombent de son chignon.

— Salut mon chéri, elle dit en fouillant dans un tiroir.

Basile tend son bulletin.

— J'ai accompli un exploit unique !

Elle caresse ses cheveux du bout des doigts, l'embrasse du bout des lèvres.

— Génial, tu aperçois mon portable quelque part ? Ça fait une heure que je le cherche. Bonjour Victoire. Ça t'ennuie de le faire dîner ? On a été livrés, il y a des bisques de homard et du pain aux fleurs. J'ai le temps de rien. Ah ! Merci, elle dit en prenant son portable des mains de Basile. Il était où ?

— Comme d'habitude ! Lieu numéro 2 ! Sur le micro-ondes !

Il part en courant, attrape un livre au vol, claque la porte de sa chambre.

— Sur le... Je te jure, je me fatigue moi-même. J'ai la tête en vrac. Victoire, tu peux t'assurer qu'il ait bien mis sa crème dans sa valise ? Son menton, c'est de pire en pire.

— Je m'occupe de tout.

Son téléphone sonne, elle me fait signe qu'elle revient dans un instant, décroche, retourne dans son bureau. « Je me fous que ça ne se voie pas depuis les gradins. Je veux un arrondi de cinq centimètres pour chacun des miroirs… C'est simple. C'est ça ou je retire mon nom du projet et je vous interdis d'utiliser mes dessins. »

Quand j'ai accepté de m'occuper de Basile en septembre, j'espérais que de temps en temps on prendrait le thé toutes les deux, qu'elle me parlerait de *Hamlet*, de *Roméo et Juliette*, qu'elle m'inviterait aux premières de ses spectacles. J'ai vite déchanté. Je ne la vois jamais. Elle passe la plupart du temps enfermée dans son atelier et je m'occupe de Basile parfois des week-ends entiers. C'est encore pire depuis qu'elle a eu une mauvaise critique dans *Télérama* le mois dernier. La pièce s'ouvrait sur Juliette, se masturbant dans un clapier à lapin géant. La moitié des critiques avaient déserté la salle à l'entracte en hurlant « bravo les lapins ! ».

Je range les courses dans la cuisine, verse une brique de soupe au potiron dans une casserole. Basile revient de sa chambre en traînant les pieds et s'écroule sur une chaise, son bulletin à la main.

— Elle se fiche complètement de mon exploit.

— Tu vois bien qu'elle est débordée. Passe-moi ton bulletin.

Il le pose sur la table.

— Lis-moi un peu mes appréciations, que je les apprécie.

— Alors… je commence d'une voix solennelle. Français : 19 de moyenne. « Basile… »

— C'est moi.

— « Basile participe beaucoup. Vocabulaire riche, grande sensibilité littéraire. »

— Ma mère dit en effet que je suis un enfant sensible.

— En revanche, 7 en maths, c'est pas terrible. Mais bon, moi aussi, j'étais nulle en maths… Sport : « De la volonté, mais aucun esprit d'équipe. »

— Je voudrais me faire un ami. Je n'en ai aucun. Mais je ne perds pas espoir. Tu as des amis, toi ?

— Oui.

— Comment ils s'appellent ?

— Allison.

— Et les autres ?

— Je n'en ai pas d'autres.

La soupe au potiron clapote, je baisse le feu.

— Une amie, c'est déjà bien, dit Basile.

Je verse deux louches de soupe dans son bol.

— J'aimerais tellement que tu aies neuf ans, il soupire.

Je prends une tranche de pain, en détache la croûte, fais une grosse boule de mie, la mâche en observant Basile perdu dans ses pensées. Moi, j'aimerais qu'il ait vingt-deux ans. Il serait mon meilleur ami.

Avant de quitter l'appartement, je frappe à la porte de Léonore.

— Entre.

Le nez collé à la table, elle assemble les perles d'un lustre miniature à l'aide d'une pince à épiler.

— J'y vais. Basile a dîné et pris son bain. Il regarde *Le Roi et l'Oiseau*.

— Encore ?

— Et il faudrait mettre un coussin carré dans sa valise, pas un…

Elle fait faire un demi-tour à sa chaise à roulettes, chasse mes paroles comme des mouches.

— Tu peux l'emmener au départ pour la Normandie, lundi ? Je me suis pris les pieds dans les horaires. Mon avion part en même temps que son bus, tous les vols sont complets…

— J'ai anglais le lundi matin. C'est le seul jour où je ne peux pas m'occuper de lui.

— C'est qui, ta prof ?

— Cristelle Pointurier.

— C'est une amie. Je l'appellerai pour la prévenir de ton retard, elle comprendra.

— Vous ne pouvez pas demander à quelqu'un d'autre ? Une voisine ?

— Je ne peux pas prendre n'importe qui, tu sais bien. Il n'a confiance qu'en toi. Je ne sais pas comment tu fais d'ailleurs. Mais il t'a adoptée ! Tu fais partie de la famille, maintenant.

Je sais bien qu'elle dit ça parce qu'elle a besoin de moi, mais ça me donne envie de rester dormir sur le canapé.

— Et son père, pourquoi vous ne lui demandez pas ?

Elle ferme les yeux, se masse les paupières.

— Tu parles… Il le prend une fois par an, à Noël. Et encore, quand j'insiste.

J'enfonce la main dans la poche de ma veste, froisse la page de l'horoscope, hésite une seconde.

— C'est bon, OK.

— Tu me sauves. Et c'est toujours d'accord pour que tu le récupères jeudi au retour ?

— Oui, oui, comme prévu.

— Et dire que tu veux partir en Amérique. Qu'est-ce que je vais faire sans toi ?

— Vous trouverez quelqu'un.

Dans la cour, le soleil s'éparpille entre les branches du saule. Je sors l'horoscope de ma poche, le relis à voix haute :

— « Vous aurez l'occasion d'apprendre à dire non sans culpabiliser. »

C'est mal barré.

« Pizza Green, livraison à vélo, livraison Écolo ». C'est ce qui est écrit sur le vélo d'Adam. Il l'abandonne dans la cour de son immeuble, monte en courant les six étages de l'escalier qui mène à son neuf mètres carrés. Déverrouille sa porte blindée serrure cinq points, jette un carton de pizza sur le clic-clac qu'il ne replie jamais, balance les clés sur son bureau rempli de notes et de brouillons, ouvre la seule fenêtre de la pièce et fait un clin d'œil au Sacré-Cœur qui brille dans la nuit. Un chat roux rayé se faufile dans un courant d'air et bondit sur le bureau. Adam le caresse entre les oreilles, sur sa cicatrice en forme d'éclair.

— Salut Harry ! Qu'est-ce que t'as foutu pendant trois jours ? T'as chopé ?

Le chat donne un coup de pattes aux figurines de Thorgal et Superman accrochées aux clés d'Adam. Adam le chasse.

— Laisse-les tranquilles.

Quand il était petit, on trouvait les super-héros dans les boîtes de Chocapic. Il en avait mangé matin, midi et soir pour avoir la collection au complet. Il ne lui manquait que Thorgal. C'est son meilleur ami, Simon, qui le lui avait offert. Le plus beau jour de sa vie.

Il s'assied à son bureau, jette un coup d'œil dépité aux croquis et aux notes qu'il a gribouillés sur les murs de sa chambre. Fixe Thorgal et Superman.

— J'ai plus d'idées, les gars. Faut que j'envoie une planche avant demain. Sinon l'éditrice annule le contrat et bye bye la résidence d'écriture.

Il tend la main pour ouvrir le carton de pizza, mâche une bouchée froide, relit le mail qu'il a scotché au mur.

De : ***perinecorbeil@volteface.fr***
À : ***adamlauvernier@gmail.com***
Objet : Se rencontrer

Monsieur Lauvernier,

Je suis éditrice aux éditions Volte-Face.

J'ai visité votre blog, je souhaiterais vous inviter à déjeuner afin de discuter d'une éventuelle collaboration.

Pouvez-vous me donner vos disponibilités ?

Cordialement,
Périne Corbeil
Éditeur Volte-Face
13, rue des Capucins
75010 Paris

Périne Corbeil lui avait donné rendez-vous dans un restaurant japonais à Saint-Germain-des-Prés. Adam avait vidé son compte en banque pour acheter un blazer en laine A.P.C., avait gardé l'étiquette pour le rapporter en boutique le lendemain, passé ses mocassins au marqueur noir pour dissimuler l'usure du daim.

Les murs du restaurant brillaient, peints en noir laqué, les clients parlaient bas comme s'ils échangeaient le code de leurs coffres-forts. Le serveur lui avait dit qu'il était le premier. Adam avait sorti son carnet, son crayon et avait dessiné les autres clients. Son voisin s'énervait au téléphone à propos d'un casting pour une émission de cuisine. Toutes ses phrases commençaient par : « pour être tout à fait honnête, je… ». Il n'avait pas l'air honnête du tout.

Périne Corbeil avait jeté son sac sur la table et lui avait serré la main, essoufflée. Elle avait commandé deux plateaux de sushis au thon rouge et Adam, qui déteste le poisson cru, avait mangé deux bols de riz en l'écoutant parler. Elle faisait tourner les baguettes entre ses doigts, et consultait d'un œil son téléphone à droite de son assiette. Elle lançait une nouvelle collection et cherchait de nouveaux auteurs. Elle adorait son trait, sa technique, elle voulait qu'il fasse une BD, une histoire en entier. Scénario, textes, dessins. Adam la dévisageait.

— Vous avez peur ? Trouver un sujet c'est facile. Parlez de ce que vous connaissez. La vie d'un jeune homme de trente ans, ses amours, ses boulots, sa passion… Vous transposerez tout ça dans un autre univers. La science-fiction, ça vous dirait ? Ou les pirates, ça marche très fort en ce moment, les pirates. Ou je ne sais pas, moi. Faites-moi ce que vous savez si bien faire, un peu de Riad Sattouf, de Pénélope Bagieu. Les gens adooorent. Vous m'envoyez un synopsis et trois premières planches d'ici deux mois, on signe le contrat, je vous envoie en résidence en Italie pour l'été, et voilà, tout le monde est content.

Elle lui avait donné un bon d'achat de cent euros chez Rougier & Plé pour s'acheter du matériel.

— Vous avez une tablette graphique ? Tenez, un deuxième bon d'achat.

Tout en réglant l'addition, elle avait commandé un taxi et était partie, le téléphone coincé entre l'épaule et le menton. Elle avait un calage chez l'imprimeur. Durée du déjeuner : quarante-huit minutes.

Il restait six sushis sur le plateau de Périne Corbeil.

Il avait traversé Paris en se bagarrant avec un morceau d'algue coincé entre les dents. À la seconde où, du bout de la langue, il extirpait l'algue, le titre de sa bande dessinée avait jailli dans son cerveau.

Il s'était arrêté au milieu du passage piéton et l'avait prononcé à voix haute :

« *Les Imbattables.* »

C'était en décembre, on est en juin.

Cinq mois et il n'a toujours rien envoyé à Périne Corbeil. Cinq mois qu'il répond « sous l'eau » à ses copains quand ils lui envoient « pinte ? ». Cinq mois qu'il n'a rien posté. Ni sur son Instagram, ni sur son blog. Quand on lui demande « Ça avance ta BD ? » il répond « c'est du boulot, c'est long ». La vérité, c'est que chaque soir après la distribution de *Direct Matin* et son shift chez Pizza Green il s'assied à son bureau et il ne sait plus dessiner.

Il se souvient de ce que dit Sempé : « On reste la journée jusqu'à ce qu'on ait trouvé l'idée. Au bout de huit jours on n'a rien trouvé. Il faut continuer. Un jour, obligatoirement ça viendra[1]. »

---

1. *Sempé, dessinateur d'humour*, film écrit par Marc Lecarpentier, réalisé par Patrick Volson, Kuiv Productions, 2011.

Il essaie tous les soirs, les coudes sur le bureau, le menton dans ses paumes ouvertes. Il regarde dehors.

Qu'est-ce que c'est beau le Sacré-Cœur, les deux statues qui encadrent le frontispice. C'est qui, d'ailleurs, ces cavaliers ? Il attrape son téléphone, ouvre Wikipédia. Apprend que la basilique a été construite dans un style « éclectique et majoritairement romano-byzantin » et que les deux cavaliers sont saint Louis et Jeanne d'Arc.

Mais il ne sait toujours pas comment commence *Les Imbattables*.

Il tape sur Google : « En combien de temps Jean Van Hamme a dessiné Thorgal ? » « Comment Hergé a eu l'idée de Tintin ? » De clic en clic, il lit :

Dessiner, c'est : 1 % d'inspiration, 99 % no internet.

Les heures filent jusqu'à ce que Harry le chat se roule sous la couette, dépité.

Chaque soir, c'est la même promesse faite à Thorgal et Superman : demain, je me lève à 5 heures du mat' et je dessine avant d'aller distribuer le journal.

Mais cette nuit, allongé sur son clic-clac, une silhouette se faufile dans sa tête, une ombre minuscule, une petite carotte qu'il tire pour la déterrer de son cerveau.

Il se lève, s'assied à son bureau, grignote la gomme de son crayon.

Il attend.

Dessine deux ronds, un triangle, trois virgules et trouve ça nul.

La silhouette sort de sa tête, apparaît sur la feuille. Une frange châtain, une veste en jean trop grande. Deux yeux de couleurs différentes, un bleu, l'autre gris charbon.

Minuit. Je me réveille en enfonçant le doigt dans mon oreille. Pitié, pas ça… Mon acouphène recommence. Cette fois c'est sûr, j'ai une araignée dans l'oreille. Je savais que je ne devais pas dormir sur un matelas à même le sol. Je le savais ! Avec ce froid, les insectes cherchent un nid chaud et profond pour pondre leurs œufs. Mon cœur bat à mille à l'heure, j'allume ma lampe de chevet, tire mon lobe entre le pouce et l'index, une fois, deux fois, trois fois. Les fines pattes de l'insecte descendent dans mon conduit auditif, me chatouillent le tympan, vont me bousiller l'oreille interne. Je vais devenir sourde, je vais perdre l'équilibre. Elle va pondre, creuser des tunnels dans mon cerveau. Les larves sortiront par dizaines en plein cours, à la fac.

J'ouvre la boîte sous ma table de nuit et j'en sors un petit flacon d'huile. Je me répète les mots de l'ORL de Juvisy : « L'insecte dans l'oreille n'existe pas, ma grande. C'est un fantasme. Une invention de ton cerveau. Un point d'ancrage pour tes angoisses et le chagrin provoqué par le départ de ta maman. Ce que tu as, ce sont des acouphènes, tu vas apprendre à vivre avec. »

Mais il se trompait. Ce n'est pas une invention de mon cerveau. J'ai vu les vidéos sur internet : Un homme allongé sur le carrelage de sa cuisine tire de son oreille un papillon avec une pince à épiler. Une fille découvre un nid d'œufs de cafard sous ses cheveux. Et les photos de tiques accrochées aux membranes tympaniques, les termites enfoncés jusqu'au cerveau…

Je chauffe le flacon entre mes paumes.

Les gouttes d'huile tiède coulent dans mon oreille avec des petits claquements. Je compte jusqu'à vingt, tourne la tête de l'autre côté. Tapote mon crâne.

Et maintenant, sors de là, salope d'araignée.

Je range le flacon. C'est débile. Il n'y a rien dans mon oreille. Mon ennemi, ce n'est pas l'araignée, c'est toutes mes peurs empilées. Et Robin partout dans Paris.

Des coups frappent contre le mur de ma chambre, mon téléphone vibre sous mon oreiller.

Allison : Tu dors ?
Moi : Pourquoi ?
Allison : RDV balcon, service à te demander.
Moi : J'arrive.

Je ne dis jamais non à Allison. On se connaît depuis la sixième, au collège de Juvisy. Depuis sa chambre, on voyait le phare de la tour Eiffel et on se jurait qu'un jour, on vivrait à Paris. L'été du bac, après le sale coup de Robin et de sa bande de copains, c'est Allison qui a débarqué chez moi au milieu du mois de juillet, m'a engueulée, a ouvert les volets, a vidé sur la moquette le contenu de la boîte de Lexomil avant de les écraser du talon puis m'a forcée à m'inscrire en fac de lettres à Paris 7. Allison qui a trouvé un appartement trois pièces dans une barre d'immeuble du XIXe arrondissement, a demandé à ses parents de payer la caution, et m'a laissé la plus grande chambre pour que j'installe un bureau et que je me « secoue, oublie ce connard, bosse comme une malade pour avoir une belle vie. Avec ou sans mec. »

Elle m'attend sur le balcon, en mini robe noire, ses cheveux roux attachés avec un gros chouchou léopard.

Elle se penche par-dessus la rambarde.

— Regarde, en bas. La camionnette blanche. C'est mon véhicule de fonction.

— Ça y est, fini la fac de psycho ?

— Trop de monde dans les amphis. Trop de lectures obligatoires. Mais je crois que j'ai trouvé ma voie. Tu m'accompagnes à la fête foraine de Noisy-le-Grand ?

— T'as vu l'heure ? C'est fermé.

— Justement.

Elle démarre et la voix de Madonna chuchote dans la voiture :

« Cool I am
When I am with you
Cool I'm not
When I am lonely… »

— Cette chanson… Ça fait un bail !

— Désolée, j'ai que ça. C'est notre vieille compile. Le CD est coincé. La moitié des pistes, c'est Madonna.

Une figurine bleue traîne sur le tableau de bord.

— Je rêve ou c'est un Schtroumpf ?

— Regarde à l'arrière, dit Allison.

Dans le coffre, un carton ouvert déborde de Schtroumpfs. Ils sont tous là, le Schtroumpf farceur, le Grand Schtroumpf, la Schtroumpfette…

— Il y en a six mille.

— Qu'est-ce que tu fabriques avec six mille Schtroumpfs ?

— C'est mon nouveau business, baby !

— Personne n'achète des Schtroumpfs.

— Tu paries ?

J'adore les fêtes foraines. Mais la nuit, quand les manèges ferment, elles prennent des couleurs de films d'horreur. Le volet du stand de carabines tremble sous le vent, les hélicoptères à tête de Mickey ont des rictus diaboliques, quatre poneys dorment, debout sous des couvertures.

Une ampoule s'allume derrière le rideau en dentelle d'une caravane.

— C'est là. Reste dans la voiture, je laisse le contact. Si ça tourne mal, on s'arrache.

— C'est dangereux ?

Elle déplie le miroir du pare-brise.

— Si je me fais tuer, n'oublie pas que je t'aime. T'as du rouge à lèvres ?

De la poche de ma veste, je sors un Chanel que j'ai piqué chez Sephora, elle en met une grosse couche, s'envoie un baiser, prend une paire de lunettes de soleil dans son sac.

— Il fait nuit, t'es au courant ?

— Ça fait pro. Passe-moi une clope, dans la boîte à gants.

— T'es asthmatique !

— Ça fait crédible.

Son carton sous le bras droit, la cigarette dans la main gauche, Allison marche d'un pas de guerrière vers la caravane. Un homme en jogging ouvre la porte, regarde à droite, à gauche, la fait entrer.

Je baisse mon siège et prends mon portable. Sur Instagram, Chloé a publié une photo, elle pose au bras de son père dans les coulisses de la Comédie-Française. Déjà 321 likes. Les selfies défilent : Chloé backstage avec Roméo Elvis. Chloé à Noël, les bras pleins de boîtes Hermès Orange : « ma couleur préférée sous le sapin ». Chloé première du concours de saut d'obstacles. Je voudrais être comme elle. Née à Paris, blindée de fric, invitée partout, jolie tout le temps. Moi, j'ai même pas dix euros pour emmener mes bottines chez le cordonnier.

Sur Google je cherche : « job bien payé étudiante » et trouve un témoignage sur madmoizelle.com. « Étudiante, 23 ans, comment j'ai arrondi mes fins de mois. » La fille raconte son expérience d'hôtesse au Salon de l'auto, les mains au cul, les six euros de l'heure chez McDo…

La prostitution.

Ce n'est pas la première fois que j'y pense. Après tout, c'est que de la chair, des os, de la graisse, de la peau. Je piquerai le body en dentelle rouge d'Allison, je débrancherai mon cerveau.

De page en page, de clic en clic, une fenêtre rose s'ouvre.

SugarDaddy.com

Plus de 18 ans ?

« Oui. »

Pseudo (Pour votre sécurité, n'utilisez pas votre vrai nom).

Sans blague.

Dans l'autoradio, Madonna fredonne : « *I'll be your one stop. Candy store. Lollipop.* »

Pseudo ? Lollipop.

Ça fait salope innocente. Parfait.

Taille : 1m70.
Poids : 60 kilos.
Non.
Poids : 57 kilos.
Âge : 22.
Race : Caucasienne.
Couleur de cheveux : Châtain.
Je cherche un homme de : 35 à 49 ans.
Salaire net mensuel minimum : 6 000 €.
Photo ?

J'enlève mon T-shirt, cadre mon soutif, coupe ma tête et poste la photo. Avec ma croix en pendentif, ça fait petite vierge dévergondée. Impec.

La fenêtre des « Termes et contrats du service » s'affiche. Je défile jusqu'en bas de la page, clique sur « Accepter ».

La porte de la voiture explose, Allison se jette sur son siège.

— On se barre !

Elle démarre, la voix de Madonna déraille sur le CD.

« *Like a virg- like a virg- like a virg- like a virg…* »

Arrivée sur le périph, Allison ralentit.

— Ouah ! C'était chaud ! Il a voulu me rouler une pelle.

— Tu l'as fait ?

— T'es malade ? Un bon coup de genou dans les couilles et ciao le gitan. Maintenant, il me respecte et ses copains aussi. Et il a acheté mes Schtroumpfs.

— Tous ? Qu'est-ce qu'il fout avec six mille Schtroumpfs ?

— C'est pour ses manèges, ça fidélise les enfants.

— Je comprends rien.

— C'est du déstockage, je récupère les invendus des magasins, et je trouve des gens pour les racheter, puis les revendre. Capito ?

— Ça rapporte ?

Elle tire de sa poche un rouleau de billets serrés par un élastique rose.

— 500 euros.

— C'est déclaré ?

— Tu connais un job légal, nocturne, qui rapporte 500 euros en trois minutes ?

— Énorme…

— Il y a une fête avec les anciens de Juvisy ce soir. C'est au Toucan, à République. Ça te dit ?

— Je sais même pas pourquoi tu me proposes. Je ne veux plus jamais voir ces connards. Y'aura Robin ? je murmure dans un filet de voix.

— Vic, putain, ça fait trois ans… Quand est-ce que tu me diras ce qu'il s'est vraiment passé avec lui ?

— Tu sais déjà tout.

Comment je pourrais lui raconter ? Chaque fois que j'y pense, mon cerveau éclate.

Allison a allumé un bâton d'encens et s'est assise sur mon bureau. Je lui ai raconté Léonore, la fac, le livreur de *Direct Matin*. Elle bat des pieds dans ses chaussettes à paillettes.

— Et tu le vois encore, le mec de la bibliothèque ?… Schopenhauer ?

— Rémi Sherpereel, je soupire. C'est flamand et c'est fini.

— Pourquoi ? Je l'aimais bien, moi.

— Il avait des sabres Star Wars sur sa cheminée et il m'envoyait des sms avec le smiley bisous.

— Et alors ? C'est mignon !

— Attends, c'est pas tout. Il a fait un truc vraiment horrible.

— Quoi ?

— On était en train de regarder *The Good Fight*. À la fin du premier épisode, j'ai réclamé le deuxième et il a dit : « d'abord, j'ai envie de te faire l'amour ».

— Et ?

— Ben… c'est dégueu de demander ça comme ça, non ?

— T'es grave. T'avais pas envie, c'est tout. T'as fait quoi ?

— J'ai pris ma veste et je me suis cassée.

Je ne peux pas dire la vérité à Allison. Je ne peux pas lui dire que j'ai dit oui à Rémi parce que je ne dis jamais non. J'ai ôté mon jean à toute allure, me suis glissée sous la couette. Quand Rémi a cherché entre mes cuisses avec sa main, j'avais l'impression d'être chez le gynéco, mais j'ai fait semblant d'aimer ça. Il ne bandait pas alors je l'ai sucé, parce que je me sentais mal pour lui. Au moment de jouir, il a gémi : « *I'm coming.* » En anglais ! Pourquoi en anglais ?

Allison ne comprendrait pas. Elle m'engueulerait. « Leçon numéro 1 : Jamais se forcer. Ja-mais ! » Allison a des dizaines de leçons numéro 1. Leçon numéro 1, le prince charmant n'existe pas. Leçon numéro 1, l'homme de ta vie, c'est toi-même. Leçon numéro 1, tu suces APRÈS avoir joui.

— Et toi ? je demande.

— Le vide intersidéral, soupire Allison. Je crois que je vais rappeler Paletemps.

— Celui qui déteste les préliminaires ?

— C'est mon seul espoir.

Elle bâille jusqu'au front, frappe des deux mains sur le bureau.

— Bon, je vais me coucher.

— Passe-moi mes boules Quies, s'il te plaît, sur la bibliothèque.

— Tu veux que je vérifie tes oreilles avant de dormir ?

— Tu ferais ça pour moi ?

Je pose la tête sur ses cuisses. À la lueur de son téléphone, elle inspecte mon oreille gauche, mon oreille droite.

— *All clear*, pas de mygale en vue.

Je me relève.

— T'es une sœur pour moi.

— Tu sais, si t'as des galères de fric, je peux t'aider.

— Pourquoi tu dis ça ?

— Parce que t'as pas acheté de bouffe depuis deux semaines. Ton étage du frigo est vide. Sérieux Victoire, laisse-moi t'avancer du blé, tu me le rendras quand tu pourras.

— Jamais de la vie. T'es ma seule amie. Je ne veux pas d'argent entre nous.

— Alors jure-moi que tu feras rien de craignos pour en trouver.

Je croise les doigts dans ma manche.

— Je te jure.

— Tu vas y arriver, Vic', tu vas y aller, en Amérique.

— Je sais.

— Tu le sais, mais t'as peur. Et pique dans mon étage du frigo. Ma mère passe ses week-ends à me préparer des bocaux, y'en a assez pour deux. Faut manger. La nourriture, c'est du fuel !

Elle bondit sur mon matelas, essaie de me prendre dans ses bras. Je me dégage et mon coude cogne son menton.

— Aïe ! T'es folle !

— Pardon, pardon, pardon. Je suis désolée, j'ai pas fait exprès.

Elle grimace, passe le doigt dans sa bouche.

— Je me suis mordu la langue.

— Mais faut pas me prendre par surprise comme ça.

— Victoire, c'était un câlin… Juste un câlin.

— J'aime pas ça.

En se tenant la mâchoire, elle sort de ma chambre.

— Faut que tu te fasses soigner.

Je me tourne face au mur, regarde les deux cartes postales que j'ai piquées au musée d'Orsay. La première, c'est un tableau pointilliste de Lucien Lévy-Dhurmer. *Feu d'artifice à Venise*. On dirait du sable magique. Une pichenette sur le haut du cadre, et tout s'effondre. L'autre est de Mary Cassatt, c'est une maman qui berce son enfant. Je ne sais pas ce qui m'a pris de voler cette carte. À chaque fois que je vois une mère faire un câlin à son enfant, j'ai envie de pleurer. Et j'en vois tout le temps. Dans la rue, dans le métro, au cinéma. À croire que le monde est rempli de mères qui câlinent leurs enfants. La mienne détestait ça. Ou plutôt, elle détestait me prendre dans ses bras. Sauf quand on regardait *La Boum* ou *Star Wars*, le soir. On ne regardait que ça, c'était la seule chose qui lui plaisait. Je crois que si maître Yoda était tombé par la cheminée pour lui proposer de monter avec lui sur le Falcon VII et de parcourir la galaxie, elle aurait dit oui dans la seconde. Devant la télévision, elle mettait sa tête sur mes genoux, relevait sa manche et réclamait des « gratte-gratte ». Mes doigts couraient sur son bras à la peau si fine qu'on aurait dit qu'elle était transparente, sur ses veines bleues, sur ses longues cicatrices. Elle s'endormait et son dos tremblait, secoué par des cauchemars. Elle faisait semblant pour que je m'inquiète ; elle avait besoin de moi, personne ne s'était jamais occupé d'elle.

Mon téléphone vibre sous mon oreiller.

Allison : Tu peux me dire que t'as couché avec Shopenhauer.
Moi : LOL

Elle crie depuis sa chambre :

— ET QU'IL A GARDÉ SES CHAUSSETTES !

J'ai un fou rire dans le noir. La prochaine fois qu'Allison voudra un câlin, je ferai un effort. Même si je déteste ce mot « câ-lin », c'est comme « cuisse », « sucre », comme faire bander Shopenhauer. Ça me déprime.

Le lendemain matin, Allison râle dans la salle de bains.

— En fait j'en ai marre qu'il fasse froid. Ça me casse les couilles ! Penser à combien de pulls je vais devoir mettre pour la journée !

En jupe de cuir et soutif, elle déboule dans ma chambre.

— *Hello sunshine !*

Elle s'étale sur mon lit et s'étire, les bras souples et longs.

— Je peux te piquer un haut ?

Je lui tends la boîte en carton dans laquelle j'ai roulé mes tops, bien serrés pour ne pas les froisser.

Elle brandit un débardeur noir :

— J'adooore !

— Je suis contente que t'aimes des trucs de mon armoire.

— Bah bien sûr ! elle dit en l'enfilant. T'as un bon style, tu rigoles ou quoi ?

La tête jetée en avant, elle brosse ses cheveux.

— Faut vraiment que tu prennes confiance en toi, t'es canon, tu vaux des millions, tu te détestes.

— Je ne me déteste pas.

Elle me tend mon portable.

— Prouve-le. Montre ce que tu vaux, appelle la mère de Basile. Exige plus de blé pour tes heures sup' de lundi matin.

— Ça ne se fait pas, elle voudra jamais.

— Elle est blindée, cette meuf ! Au pire, elle te dit non. Et alors ?

J'appelle Léonore.

— C'est le répondeur, je laisse un message ?

— Non ! Tu la harcèles. Mets le haut-parleur.

Au bout de cinq appels, Basile décroche :

— Bonjour, vous êtes bien chez la famille Cavrois. Je suis là pour vous écouter.

— Hello Basilou !

— Victoire ! Tu es bien matinale.

— Tu me passes ta mère, s'il te plaît ? J'ai déjà essayé de l'appeler quatre fois.

— Elle entretient des rapports complexes avec son téléphone portable. Je ne sais pas si elle le déteste ou si elle l'adore.

— Tu me la passes ?

— Dis-lui que je suis un enfant très appliqué et que je fais de mon mieux.

— Promis.

Le combiné tape contre une table, j'entends des bruits de pas, la voix de Léonore.

— Oui, Victoire ?

— Bonjour, je vous appelle pour lundi matin.

— Tu as changé d'avis ?

— Non, non, mais je vais me lever super tôt, et comme c'était pas prévu je me disais que vous pourriez me payer un peu plus.

— 50 euros ?

Allison fait signe de monter le chiffre.

— Je pensais plutôt à 80.

C'est trop. C'est beaucoup trop, elle va m'envoyer bouler, trouver quelqu'un d'autre, me virer… Pour qui je me prends ?

— Très bien. Je laisserai l'argent sur le buffet. Viens à 7 heures, ne sois pas en retard, je ne pourrai pas attendre. J'ai eu l'Opéra il y a cinq minutes, rien ne va, j'ai plein de trucs à régler. Tu pourras donner le numéro du bureau des chantiers au collège ? Je le laisse sur le frigo. S'il y a une urgence, c'est là qu'ils pourront me joindre, il n'y a pas de réseau dans la salle.

— Ça marche, à lundi ! Bon week-end et merde, pour l'opéra.

— Merci.

Allison me tape dans la main.

— C'est le début de la fortune, ma vieille, prochaine étape, augmenter ton taux horaire. Leçon numéro 1 : Jamais assez payée.

LUNDI

Basile attend devant son bol de céréales et son exemplaire de *Paroles*, de Jacques Prévert. Les mains à plat sur la table, il fixe les chiffres lumineux de la radio portable qui chuchote la météo.

7 h 01.

Sa mère est partie à 7 heures. Très fâchée à cause d'une tache de café sur son cachemire.

Elle a dit de ne pas s'inquiéter, que Victoire arriverait dans cinq minutes, à 7 h 05.

Tout est en ordre, le bol centré sur le set rayé, six rayures à droite, six rayures à gauche, la cuillère devant le bol.

La poudre de cacao forme un petit tas en suspension sur les céréales.

Le robinet fuit, goutte à goutte sur l'inox.

Ploc-Ploc-Ploc.

Il est terrible, ce bruit.

Le petit bruit de la goutte d'eau, tombée dans l'évier en inox.

À côté de la corbeille à fruits, la reine d'Angleterre lui fait signe de sa main mécanique.

Tic-Tic-Tic.

La reine d'Angleterre est née le 21 avril 1926 et n'est pas encore morte. C'est une dame très digne. Elle mange des Special K au petit déjeuner. Elle fonctionne grâce à l'énergie solaire et aux cellules photovoltaïques. Les photons frottent contre les atomes pour produire de l'énergie.

Tic-Tic-Tic.

Les bulles de cacao éclatent dans le bol. La machine à laver tourne dans la buanderie.

Clac-Clac-Clac.

La goutte d'eau tombe dans l'évier.

Ploc-Ploc-Ploc.

La reine Elizabeth agite la main.

Tic-Tic-Tic.

7 h 04. Plus qu'une minute. Victoire sera là à 7 h 05.

Tout est en ordre.

Le bol centré sur le set rayé.

Six rayures à droite, six rayures à gauche. La cuillère devant le bol.

Ploc-Ploc-Ploc.

Il est terrible, ce bruit.

Clic-Clic-Clic.

Clac-Clac-Clac.

La machine à laver dans la buanderie.

Ploc-Ploc-Ploc.

La goutte d'eau dans l'évier.

Tic-Tic-Tic.

La main de la reine Elizabeth.

Victoire arrive dans soixante secondes. Il n'y a aucune raison de paniquer. Ma mère n'est pas en colère. Ce n'était qu'une tache de café. Avec un peu de chance et de lessive, la tache va disparaître.

7 h 05.

Ploc-Ploc-Ploc. Tic-Tic-Tic. Clac-Clac-Clac.

Le col de son T-shirt étrangle son cou.

La machine à laver accélère, frappe contre le mur de la buanderie.

BAM-BAM-BAM-BAM-BAM-BAM.

Les gouttes d'eau tombent de plus en plus vite dans l'évier, la reine Elizabeth n'y est pour rien, elle est en plastique, elle ne regarde personne d'un air narquois.

7 h 06.

— *Direct Matin*, bonjour !

Si je réussis à en distribuer trois avant que le prochain bus passe, pense Adam, je finirai le story-board des *Imbattables* cette semaine.

Il tend le journal à un garçon plié sous une contrebasse.

— Monsieur ? *Direct Matin* ?

— Non merci.

Une vieille dame approche à petits pas pressés, tirant un caddie à roulettes.

— Pouvez-vous m'en donner une trentaine ? C'est pour ma cheminée….

— Et même cent !

Adam ouvre les boutons pression du caddie, fourre une pile de journaux entre deux bouteilles d'eau.

— Combien je vous dois ?

— C'est gratuit, et revenez demain ! Ce sera encore gratuit.

Elle enfonce une pièce de deux euros dans la poche d'Adam.

— Mais madame, non !

— Achetez un pain au chocolat, vous êtes tout maigre.

Elle s'éloigne, Adam regarde la pile diminuée de moitié, rugit :
— BEST-SELLER !

À moi la gloire ! Tirage à un million d'exemplaires, critiques élogieuses, cinq étoiles partout. Le journaliste de *Quotidien* tend son micro bariolé :
— Vous avez commencé à dessiner très jeune, n'est-ce pas ?
— Dès l'école primaire. Mes crayons, c'étaient mes copains.
— Comment avez-vous imaginé ces personnages qui vous valent une gloire internationale ?
— Vous savez, on s'inspire toujours de ce qu'on connaît. J'ai grandi à Quistinic, en Bretagne. Au lycée, mes copains ne juraient que par la planche à voile. Moi, je passais mon temps à dessiner les gens dans la rue.
— Encore une question, Adam, une dernière photo…

— Bordel de merde ! Fait chier…
C'est la fille à la veste en jean ! Agenouillée devant son sac à dos, elle ramasse stylos, livres, crayons, cahiers. Adam se précipite pour l'aider, elle écarte sa frange et sourit, écarlate.
— Merci !
Il lui tend un manuel de grammaire à la tranche trempée. Elle regarde les pages gondolées d'un air dépité.
— Et merde…
— Attends-moi là ! dit Adam en se relevant.

Il court jusqu'au café Le Championnet, revient avec une pile de serviettes en papier blanches, les glisse entre les pages mouillées.

— Surtout, n'utilise pas de sèche-cheveux. Pose le livre bien droit à l'air libre, pages ouvertes.

— D'accord.

— T'as du temps pour un café ?

Elle jette son sac sur son épaule, retire une feuille morte collée sur son jean.

— Je suis super en retard, mais merci.

— Un *Direct Matin* ?

Elle en prend deux.

— Merci, merci, merci !

Elle repart en courant, ses bottines claquent sur le trottoir, son sac lui décroche l'épaule. Elle crie sans se retourner :

— Une autre fois ! Pour le café !

Adam la regarde disparaître au coin de la rue, il oublie de replier le bras, de refermer la bouche.

— Putain… je suis amoureux.

En entrant dans l'appartement, j'envoie un sms à Léonore. « Bien arrivée, désolée pour le retard, bon voyage. » Ça sent le pain grillé, la radio braille et crachote, coincée entre deux stations.

— Go, go, go, je crie. On va louper le bus !

Sur le carrelage de la cuisine gît la reine d'Angleterre, décapitée dans une flaque de lait.

— Basilou ?

Il gémit, recroquevillé sous la table de la cuisine, les poings serrés sur ses tempes.

Je laisse tomber mon sac sur le carrelage, m'accroupis, essaie d'écarter une main de son crâne. Il se dégage :

— Lâche-moi ! Sale traître !

Ses ongles écorchent son menton, des miettes de peau tombent sur le col de son T-shirt. Je me force à garder une voix calme.

— Arrête de te faire mal, faut qu'on y aille, sinon tu ne pourras pas visiter la maison de Prévert.

— Je m'en fous, de Prévert !

— Ça, c'est pas vrai.

— Si ! Il est mort ! Et ma mère va mourir dans un accident d'avion, il y a eu 556 morts dans des accidents d'avion en 2018, ma mère va mourir en colère contre moi, à cause de la tache sur son cachemire 24 fils, je veux mourir aussi.

Je prends le recueil de Prévert sur la table de la cuisine, tourne les pages cornées.

— C'est quelle année, déjà, la publication de *Paroles* ?

— Tu dis ça pour me changer les idées.

— Réponds à ma question.

Il plonge la tête dans ses bras, marmonne quelque chose que je ne comprends pas.

— J'entends rien, lève la tête.

— 1946 !

Je lis quelques vers au hasard :

— « *Ceux qui chantent en mesure, ceux qui brossent à reluire, ceux qui ont du ventre, ceux qui baissent les yeux*[1],… »

— « *Ceux qui savent découper le poulet.* »

— Ça va mieux ?

Il suit des doigts les joints du carrelage.

— Lis-moi la suite s'il te plaît.

— « *Ceux qui sont chauves à l'intérieur de la tête…* »

Il sourit, lèche une larme sur sa lèvre, s'essuie le nez dans sa manche.

— Je regrette de t'avoir hurlé dessus.

— C'est de ma faute, j'aurais dû arriver à l'heure. On y va ?

Je lui tends la main, l'aide à sortir de sous la table.

---

1. « Tentative de description d'un dîner de têtes à Paris-France », Jacques Prévert, *Paroles*, Gallimard, 1949.

— Va mettre tes chaussures, sors ta crème de ton sac, tu vas t'en mettre une bonne couche avant de partir.

— Et je n'oublie pas Vladimir…

— Qui ?

Il ouvre un tiroir du buffet, en sort sa chapka orange.

— Vladimir, voyons !

Il marque une pause, plonge la main dans le tiroir, brandit un iPhone à oreilles de Mickey.

— Ma mère a encore oublié son portable.

Devant le collège, le car attend, phares allumés ; les enfants s'arrachent des bras de leurs parents et les recommandations fusent :

— Pas de chahut la nuit !

— T'as pris ta Ventoline ?

— Ne mange pas trop de bonbons.

— Les dents, c'est trois minutes, trois fois par jour.

— Reviens avec toutes tes affaires.

Quand je rentrais de voyage de classe, la première chose que faisait ma mère, c'était vérifier que tous mes vêtements étaient dans ma valise, bien pliés et en bon état. S'il y avait un trou dans une chaussette, s'il manquait un gant de toilette, elle me faisait copier trois cents fois « *Les affaires ont une valeur. Je dois être soigneuse, rigoureuse.* »

Un type en sarouel fait monter les élèves un par un en cochant leur nom sur une liste.

— Nom et prénom ?

— Basile Cavrois.

Il passe la pointe de son feutre sur la liste.

— Je ne le trouve pas.

— Cavrois. Avec un C.

— Un C ? Il était dans le bus 1, celui qui vient de partir.

— Ben, mettez-le dans le bus 2.

— Faut voir avec sa prof. Demandez-lui si votre fils…

— C'est pas mon fils.

— C'est pas ma mère !

Il hausse les épaules, aide un enfant empêtré dans les bretelles de son sac à dos. Je pousse Basile dans les marches.

— Faut que j'y aille. Bon voyage.

— Non ! dit l'animateur en barrant le passage.

Il se hisse sur la pointe des pieds, fait signe à la prof qui accourt, en baskets et doudoune cintrée.

— Basile était dans le bus 1 !

— Il vous reste bien un strapontin dans le bus 2 ?

— Un strapontin ? On a des conditions de sécurité à respecter…

Un petit blond accourt, écarlate ; son énorme sac de rando rebondit sur son dos.

— J'ai cru que vous alliez partir sans moi.

— On ne laisse personne derrière, mon grand, dit l'animateur.

— Alors pourquoi vous le faites monter lui, et pas Basile ?

— Parce que c'est Arthur Verquin. Avec un V. Les V sont dans le bus 2.

Je tends à Basile la poignée de sa valise.

— Va la mettre dans la soute.

— Oui, mon capitaine !

Bras et jambes tendus, il marche jusqu'au conducteur, occupé à charger les sacs ; je me tourne vers la prof.

— C'est ma faute, vous comprenez ? J'étais en retard. Sa mère a pris l'avion ce matin. Je ne peux pas m'en occuper.

— Et moi, je ne peux pas l'emmener. Honnêtement, c'est mieux qu'il ne vienne pas. Ce voyage, c'est trop lui demander.

— Ça y est ! lance l'animateur, prêts à partir, on est au complet.

— Je vous en supplie, c'est son rêve.

Basile revient, la prof monte sur le marchepied.

— Voyez avec la vie scolaire, ils le mettront dans une autre classe. C'est ce qu'on fait avec les élèves qui ne participent pas aux voyages. Oscar Scarmoncin, par exemple.

— Il était dans le bus 1 ? dit Basile.

— Non, il est puni. Problèmes de comportement.

— Basile n'a rien fait de mal, et c'est un enfant ! Vous allez lui briser le cœur.

Une dame soupire :

— Vous retardez tout le monde, il fait froid, nos enfants aimeraient partir en classe verte.

— Ils se sont levés tôt ! ajoute un homme.

La porte se ferme avec un bruit de caoutchouc, une voix retentit dans un micro : « Allez les Pitchouloulous, on attache les ceintures et on chante avec moi ! C'est un fameux trois-mâts fin comme un oiseau... » Le bus démarre.

Basile lève le menton.

— Et ma valise ?

— Je suis trop, trop désolée, Basilou.

— Je ne veux pas aller à la vie scolaire, il murmure, agrippé à ma veste.

— On n'a pas le choix.

— Oscar Scarmoncin veut ma peau !

— Je vais en parler aux surveillants, je dis en le tirant vers la grille du collège.

Son bras s'accroche au poteau d'un panneau de signalisation.

— Tu veux que je meure ? C'est ça ?

— Arrête immédiatement. J'ai pas le temps de gérer une crise.

— Je ne passerai pas la journée avec Oscar Scarmoncin, c'est du suicide !

— Putain mais qu'est-ce que tu veux que je fasse ? Je vais quand même pas t'emmener à la fac ?

Les pieds sur son bureau, Lilia lève les yeux de *Psychologies Magazine : « Pourquoi veut-on être aimés ? »*

J'entre en poussant Basile par les épaules.

— Salut Lilia ! J'ai un énorme service à te demander.

— C'est quoi, ça ?

— C'est qui, ça ? rectifie Basile. Quoi est un adverbe interrogatif réservé aux choses inanimées. Je suis un être humain.

— C'est Basile, le fils de Léono…

— Je ne garde pas les enfants des profs.

— Il était censé partir en voyage de classe. On est arrivés en retard.

— Par ta faute, note Basile.

— Je t'ai dit que j'étais désolée ! Bref, sa mère est en Allemagne. Elle a oublié son portable, j'ai cours d'anglais, c'est la merde to-tale.

Basile lâche ma main.

— Ton vocabulaire est épouvantable.

Lilia le regarde en souriant. Elle resserre les fermoirs de ses boucles d'oreilles ; des petites tulipes en émail rouge et or.

— Ravissantes, vos boucles d'oreilles. Je ne suis pas surpris que vous aimiez les tulipes, c'est comme votre prénom. Li-li-a. La tulipe appartient à la famille des Liliacées. Cela fait de vous une fleur. Vous êtes comme le lys, le muguet de mai et la jacinthe.

— Oh, merci !

— Tu vois ? Il est a-do-rable…

— Vous êtes aussi comme l'ail, le poireau, l'asp…

— Un poireau ? s'étrangle Lilia.

— C'est pas ce qu'il voulait dire !

— C'est précisément ce que je voulais dire.

— Je t'en supplie Lilia. T'auras même pas besoin de t'occuper de lui. Tu lui donnes un bouquin, un dico, n'importe quoi…

Je montre l'affiche des quatre accords toltèques scotchée au mur.

— Parle-lui de Toltèque, tiens ! Hein Basilou, tu le connais ?

— Toltèque n'est pas un homme. Toltèque désigne le nom de guerriers mexicains, doués d'une grande sagesse.

Lilia trempe un Mikado dans son thé et le considère amusée.

— Tu viens le chercher direct après ton cours, tu traînes pas à la machine à café.

— Je ne traîne jamais à la machine à café. Merciiiiii !

Dans la petite salle de TD, Mme Pointurier, la prof d'anglais, distribue les dernières versions de l'année. Je me faufile au dernier rang, à côté d'un garçon en marinière.

Elle rend la copie de Chloé.

— Bravo. 15/20. Vous avez toutes vos chances pour Middlebury.

Je mordille ma croix de baptême. J'ai passé trois nuits sur cette version, j'ai fait attention à tout. Aux formes passives, aux possessifs, aux nuances, à la ponctuation, au rythme. Il faut que j'aie 15,5.

— Caroline, 9, un peu littéral, mais correct. Charlotte, 4, vous êtes certaine de vouloir devenir traductrice ? Marie, c'est pas mal. 11. La prochaine fois, pensez à utiliser votre grammaire française, l'accord du participe passé, c'est niveau CM2... Victoire, ça n'est pas nul, mais vous mettez des rimes partout.

Mon cœur s'arrête.

— Comment ça ?

La prof lit par-dessus ses lunettes :

— Vous avez traduit la première phrase par : « Ma mère enleva son peignoir et entra dans la baignoire comme dans un boudoir. »

— C'est pas ce que ça voulait dire ?

— *Nightgown*, dit Chloé, c'est chemise de nuit. Plus élégant que peignoir.

— Mais depuis quand on ne met pas de rimes dans la prose ?

— D'une manière générale, votre version est trop fantaisiste.

Elle pose la copie sur ma table.

10/20.

— Je peux me rattraper ? En faire une autre pour demain. S'il vous plaît ?

— Vous ferez mieux la prochaine fois. Mathilde, 13.

Je me lève.

— Et Middlebury ? Je peux pas avoir une note comme ça dans mon dossier, laissez-moi recommencer !

Elle m'ignore, continue à distribuer ses copies.

— Mais madame, qu'est-ce que je vous ai fait ?

— T'inquiète, murmure mon voisin. Elle saque tout le monde.

Je ravale mes larmes, prends mon sac, renverse ma chaise et claque la porte.

Tu veux aller te faire foutre gratuitement ? Appelle le secrétariat du Crous.

Les murs des toilettes sont couverts de graffitis. Assise sur la cuvette, je les lis et les relis.

Mort aux indécis. Mort aux racistes. Mort aux indifférents.

Le communisme, vite.

Grab her by the Puccini.

Je sors le goûter de Basile de mon sac. Deux biscuits sans gluten et un berlingot de compote bio. Je mâche, j'aspire, je broie, c'est une bouillie sucrée, un câlin dans ma bouche.

Je crache dans le lavabo. Les mains sur le rebord, je scanne mon visage dans le miroir. Qu'est-ce qui m'a pris de penser que je pourrais étudier en Amérique ? Que je pourrais devenir quelqu'un d'important ? Une intellectuelle ? Stop. Je presse mon poing contre la faïence, ravale mes larmes. Il reste deux semaines avant que Mme Pointurier prenne sa décision. Il y aura d'autres notes. Je vais bosser. Je vais me rattraper.

Lilia pique un fou rire, renversée dans son fauteuil. Basile se lève, furieux.

— Victoire, enfin te voici. Je veux quitter ce bureau où je ne reçois que des persiflages !

— Mon chou, dit Lilia en reprenant son souffle…

— Je ne suis pas votre chou ! Un chou est une espèce de plante de la famille des Brassicacées, bisannuelle, aux feuilles comestibles !

Je prends un trombone sur le bureau, le tords entre mes doigts, enfonce la pointe dans mon pouce pour retenir mes larmes.

— C'est quoi, le problème ?

— Je me suis appliqué et Lilia se moque de moi !

Elle me tend une copie double.

— Je ne me moque pas. C'est trop mignon.

— Tu lui as filé une rédaction ?

— J'aime travailler, dit Basile. C'est honteux, peut-être ?

Son écriture serrée remplit les quatre pages de la copie.

Sujet : Écrire sur soi peut-il guérir les blessures ?

Non, il ne faut surtout pas écrire sur ses blessures. Une blessure se guérit avec de la Bétadine, des compresses stériles, du tulle gras. Pas avec un stylo et de l'encre. Mettre de l'encre sur une blessure est très dangereux : on risque le tétanos, la septicémie…

— Alors, dit Lilia, tu vois que c'est marrant !

Je jette la copie sur la table, glisse le trombone dans la poche de mon jean.

— Faut qu'on y aille.

— Il revient quand il veut, je l'adore.

Dans l'ascenseur, Basile croise les bras, la semelle de sa basket racle une tache sur le lino.

— Moi, je ne l'adore pas du tout.

— Arrête de bouder. T'es trop intelligent pour ce sujet, c'est tout.

— Tu le penses vraiment ?

— Promis. Il était super mal formulé.

— Que va-t-on faire cet après-midi ?

— On rentre chez toi, j'ai du boulot.

— Tu es très assidue. Je pourrai regarder un film ?

— Oui.

Sur la pelouse du square de la fac, un petit groupe d'étudiants de ma licence écoute une fille aux cheveux longs qui joue *Light my fire* à la guitare.

— Qui sont tes amis ici ? me demande Basile.

— Je n'en ai pas. Ils ne m'intéressent pas, les gens de la fac.

C'est faux. J'aimerais pique-niquer avec eux le midi, travailler en groupe à la bibliothèque.

Cette année, à la rentrée, j'étais invitée à une soirée costumée, thème : « Stations de métro ». J'avais décidé de me déguiser en mousquetaire pour « Alexandre Dumas », ligne 2. Allison m'avait prêté son fleuret d'escrime et m'avait dessiné une moustache avec du khôl noir. Une heure avant de partir, j'ai paniqué. J'ai changé cinq fois de jean, de T-shirt, de pull, j'avais mal au crâne, je me trouvais grosse et flasque. Mon idée de mousquetaire était débile, pas originale. Il y aurait des bonnes bouteilles de vin, des jolis fauteuils, toutes les filles auraient des sacs de marque, les mecs des mocassins en daim. Ils auraient des conversations spirituelles, des déguisements intelligents…

Je n'y suis pas allée. Quand je pense qu'il y a trois ans, j'étais de toutes les fêtes.

Le lendemain, j'ai vu les photos de la soirée sur Facebook. Il y avait deux autres mousquetaires. Un garçon portait un seau sur la tête pour la station « Monceau » ; une fille s'était collé un bout de scotch sur la bouche pour « La Muette »… Il y avait des spots, des seaux de Gin Fizz, des pizzas, tout le monde riait et dansait sous une boule à facettes. Ça avait l'air sympa.

Basile me prend la main.

— Tu me sembles bien pensive.

Je colle un sourire sur mon visage.

— Je réfléchis.

— À quoi ?

— Mon cours d'anglais.

— Qu'as-tu appris ?

— Qu'il ne faut jamais mettre de rimes dans la prose.

— C'est cela qui te rend mélancolique ?

— Je ne suis pas mélancolique, Basilou.

Il lâche ma main, marche et claque le portail du square sur moi.

— Mais qu'est-ce qui te prend ?

— Tu crois que tu me trompes avec tes joues joyeuses ?

Le soir, en pyjama décoré de petits dinosaures rouges, Basile regarde *Le Roi et l'Oiseau* pour la soixante-troisième fois – il a compté –, il aligne les quartiers d'une clémentine et les mange un par un. Je fais les cent pas dans le salon, téléphone fixe à la main. J'ai essayé de joindre l'Opéra à Dresde. L'homme qui a répondu ne parlait pas anglais. Il répétait : « ichvertichnich, ichvertichnich », et a fini par me raccrocher au nez. Quand j'ai rappelé, je suis tombée sur un répondeur.

Je m'assieds sur la table en formica, gratte une boule de gomme qui roule sous mon ongle, envoie un sms à Allison.

Moi : Toujours pas de nouvelles de Léonore. Je sais pas quoi faire.
Allison : C'est combien de l'heure, ton baby-sitting ?
Moi : 12 euros.
Allison : Calcule. 24 heures à douze euros l'heure, pendant quatre jours ! 1 152 euros. Arrête de chercher une solution. Prends le pognon.
Moi : T'es un génie !

Allison : Je vais lancer ma boîte de consulting en roublardise.
Moi : Tu prends combien ?
Allison : T'es ma première cliente. Je te fais un prix. 20 %.
Moi : T'es chère !
Allison : Leçon numéro 1…
Moi : Jamais assez payée.

Elle m'envoie un smiley qui applaudit.

J'extirpe le trombone de la poche de mon jean, le tords, enfonce la pointe dans la pulpe de mon pouce.

— C'est qui déjà, lui ? je demande en montrant l'écran.

— Le roi de Takicardie. Il fait disparaître tous les gens qui lui déplaisent aux oubliettes. Tu te rends compte comme c'est indigne ?

— C'est un personnage de fiction.

— Il existe dans mon cœur.

Le roi raccompagne un peintre à la porte du palais.

— Il a été imprudent, dit Basile. Il a peint le roi avec son strabisme. Sur le portrait officiel, le roi louche !

Basile ricane en rentrant la tête dans les épaules.

— Il louche, il louche, il louche, louche, louche, louche, louche…

— Calmos, Basile. T'es en boucle.

— Boucle, boucle, boucle, louche, louche, louche…

J'augmente le volume de la télévision. Le roi de Takicardie appuie sur un bouton, une dalle s'ouvre sous les pieds du peintre qui tombe aux oubliettes.

Basile appuie sur pause et me vise avec la télécommande.

— Qu'est-ce qui te prend ?

— Ma mère est morte.

— Elle est vivante.

Son menton tremble, il grimace, sa voix déraille.

— Elle est morte et elle est fâchée contre moi.

— Je vais la rappeler.

J'attrape mon portable et en marchant dans la pièce, j'improvise.

— Ah ! Génial ! Bonjour, puis-je parler à Léonore ? Merci !... Léonore ! Je suis contente de vous entendre, on commençait à s'inquiéter. Vous avez eu mon message ? Le bus est parti sans Basile !... Oui, comme vous dites...

— Nous sommes sauvés ! dit Basile. Passe-moi ma mère !

Je lui fais signe de se taire.

— Votre téléphone... oui, je sais. Vous l'avez oublié. Je vous appelle parce que Basile pense que vous êtes en colère contre lui... Pas du tout ?

Je lance un regard appuyé à Basile.

— Évidemment, une mère ne reste jamais longtemps fâchée contre son fils. C'est exactement ce que je lui disais !

Il saute du canapé et tend la main pour attraper l'appareil. Je me précipite dans la cuisine.

— Je ne vous entends plus très bien. Ne vous en faites pas, je m'occupe de tout, on se rappelle ! À vendredi !

Je coince mon téléphone dans la poche de mon jean.

— Ma mère ne voulait pas me parler ?

— Ça captait mal. Mais elle n'est pas fâchée, tu peux dormir tranquille.

— Quand elle reviendra, tu lui diras que j'ai été raisonnable ?

— Promis.

Il met son assiette dans le lave-vaisselle, se rince les mains.

— Bonne nuit, Victoire. Ne t'en fais pas, tout va rentrer dans l'ordre.

Allongée sur le lit de Léonore, j'allume mon ordinateur pour consulter mes mails. J'en ai reçu un de ma belle-mère.

> De : clara.monet@yahoo.fr
> A : victoire.monet@gmail.com
> Objet : Taxe d'habitation.
>
> Coucou Victoire, voici la photocopie de l'avis de taxe d'habitation. 756 euros, on compte sur toi pour la régler au plus vite. Dans les six jours parce qu'après, c'est majoré. On t'embrasse, ton père et moi.

756 euros ?

Quand j'étais petite, je voulais que ma mère meure et que Clara m'adopte. Clara, prof d'anglais, lisait *Ulysse* de Joyce, mangeait bio et portait des pantalons en cuir. Le week-end, on se promenait tous les trois à vélo le long de l'Essonne. Papa, Clara et moi. Un jour, j'ai fait exprès de coincer mes pieds dans les rayons, mon vélo a fait un vol plané ; je voulais qu'elle colle des pansements sur mes genoux et me désinfecte les mains, je voulais que Clara s'occupe de moi, qu'elle me fasse un câlin. Un dimanche, on est allées au cinéma toutes les deux. Pendant les bandes annonces, j'ai compté jusqu'à trois. Un deux trois. J'ai relevé l'accoudoir entre nous et je me suis blottie contre elle. Elle s'est écartée comme si j'étais couverte d'épines, a baissé l'accoudoir. J'ai attendu que les lumières de la salle s'éteignent pour pleurer.

Ma tête se transforme en calculette, Léonore : 1 152 euros. La taxe d'habitation - 756 euros, le loyer - 512 euros, la facture de téléphone - 45 euros, mon découvert - 22 euros…

Ça passe pas.

Sur mon ordinateur, je me connecte à SugarDaddy.com. Je ne vais le faire qu'une fois. Il suffit de fermer les yeux, boucher le nez, écarter les jambes. Allison appelle ça « Faire l'étoile de mer ».

J'ouvre le site. La lumière rose de l'écran éclaire la chambre.

Bienvenue Lollipop. Vous avez dix-huit nouveaux messages.

Hornyjools59 me propose « sa sucette », *Grosnounours*, 43 ans, aimerait « goûter mon bonbon ». *Parisroméo*, 55 ans, m'offre son « bâton de réglisse ».

Valmont, 43 ans, pose avec *Les Liaisons dangereuses* devant le visage et une Rolex au poignet. 43 ans, c'est très bien. En plus, j'ai toujours eu envie de coucher avec un vieux.

Valmont : Bonsoir, charmante Elvire. Qu'est-ce que tu cherches, sur ce site ?

Lollipop : J'ai besoin d'argent, et j'aime ta photo.
Valmont : Je serai à Paris demain, nous pourrions dîner ensemble, et passer quelques heures à l'hôtel. 400 euros ça te va ?
Lollipop : 500.

Leçon numéro 1 : Jamais assez payée.

MARDI

Dans mon rêve cette nuit, c'est la fin du monde. On vit tous ensemble dans un immense labyrinthe sous-terrain. Chaque être humain a sa chambre. Tous les soirs je dois trouver la mienne, tous les soirs je m'égare. Tout le monde me dit : « Victoire, tu sais parfaitement où est ta chambre ! », mais je perds mes clés, j'oublie l'itinéraire, les codes d'entrée. Tout le monde dort, tout le monde a sa place, sauf moi. Le radioréveil de Léonore me tire du sommeil. C'est le *Concerto 21* de Mozart, le seul que je sache reconnaître. J'écoute le violon, retiens mon souffle en attendant les premières notes au piano. Robin Saule identifiait Mozart, Beethoven, Scriabine, Chopin… On s'allongeait sur le tapis de sa chambre et on écoutait les vinyles de sa mère. Le *Concerto 21* de Mozart, c'était son préféré. Il disait : « Là, il touche la grâce. »

Le soleil entre dans la chambre, éparpillé par les feuilles du saule pleureur. Je rabats l'édredon sur mon visage, lève les genoux pour faire une petite tente. Les paquets de plumes dans la housse dessinent des nuages. Je vais rester là toute la journée à écouter Radio Classique. Je vais rester là pendant une semaine entière, sans parler, sans manger, sans bouger. Et quand je sortirai, je serai plus mince, plus jolie et je saurai distinguer une sonate d'un concerto.

— Il est 8 heures. Tu as bavé sur les coussins en velours vert de ma mère.

Je sors la tête de la couette. Basile se tient au pied du lit dans son pull Jurassic Park.

— Ce sont des coussins d'ornement, ils valent une fortune.

— Je les emmènerai au pressing.

— Je t'ai préparé un petit déjeuner équilibré.

— C'est gentil. Mais je ne prends jamais de petit déjeuner.

— J'ai grillé trois tartines pour toi !

— Je les emporterai à la fac.

Je me contorsionne pour enfiler mon jean sous la couette. Il prend mon téléphone sur la table de nuit.

— Puis-je téléphoner à l'Opéra de Dresde ?

— Si tu veux. Mais ça m'étonnerait qu'ils répondent.

Un rideau de perles sépare la petite salle de bains de Léonore de sa chambre. Mes orteils s'enfoncent dans le tapis épais, les étagères croulent sous les crèmes, les parfums, les lotions, on dirait des bonbons. Je prends un flacon d'eau de rose, passe un coton imbibé sur mon visage. C'est frais, je pourrais faire ça des heures.

Basile frappe contre le mur.

— Entre, je dis.

Il passe la tête à travers le rideau de perles.

— Je tombe tout le temps sur la messagerie.

— Alors laisse un message.

Il s'assied sur le rebord de la baignoire, redresse le dos, plisse le front, grimace en ouvrant la bouche, fermant la bouche, secoue la langue.

— Tu fais quoi ?

— Des exercices pour bien articuler. Ma mère apprécie lorsque je fais preuve d'une belle élocution.

Il rappelle, fixe un point dans le vide.

« Salut maman, tout va bien ? Euh… ceci est un message de ton fils Basile. Comme tu peux le constater, aujourd'hui est une belle journée. Ce matin avec Victoire, nous irons à son université. J'espère que je ne vais pas salir mes vêtements. Je fais tout mon possible pour faire le maximum dans les divers moments de cette journée. Je te fais de gros bisous, tu es une mère qui peut être fière de son fils. Je t'aime, bisous. »

Il raccroche.

— J'ai fait un appel d'une minute douze secondes. J'aurais voulu entendre sa voix.

— Elle sera très contente d'entendre ton message.

— Je vais m'habiller.

— Super idée.

Je jette le coton dans une corbeille en osier. Je monte sur la balance. 59,3. Presque 60. Je déglutis, ouvre l'armoire de Léonore, emprunte un grand cachemire noir.

Basile m'attend dans le salon, sa chapka enfoncée jusqu'aux sourcils. Il pose un œil sévère sur mon pull.

— Ma mère déteste qu'on touche à ses affaires.

Je sors mes cheveux du col roulé.

— Je lui rendrai. Allez, on y va.

— Où ça ?

— Au collège, je te dépose avant d'aller à la fac.

Je jette un œil au miroir, cette moustache, c'est de pire en pire, ou alors c'est l'éclairage de la pièce qui la fait ressortir ?

Basile jette sa chapka sur le parquet.

— Mais tu ne comprends pas que je ne peux pas rester seul avec Oscar Scarmoncin ?

— Je dirai au surveillant de vous mettre dans des pièces séparées.

— Les surveillants ne surveillent rien dans cette école. Je suis en danger de mort. En quelle langue faut-il te le dire ?

— D'accord ! T'es content ? Je t'emmène. Mais je te préviens, si Lilia peut pas te garder tu restes dans le couloir, tu te tais, tu bouges pas. Compris ?

— Compris. Tu es digne. Nous y allons en bus.

— En métro.

— Je déteste le métro.

— Si t'es pas content, tu restes ici tout seul.

— En fait, tu es indigne.

— Arrête avec ça. Les gens ne se divisent pas en deux catégories, c'est pas les dignes d'un côté, les indignes de l'autre. Parfois on est digne, parfois on ne l'est pas.

— C'est selon quoi ?

— L'humeur ! Dépêche-toi, j'en ai marre !

Dans les couloirs de la station Saint-Lazare, j'agite un billet jaune RATP sous les yeux de Basile.

— 150 euros d'amende. Comment je vais payer ? J'y crois pas ! T'es carrément allé les voir pour leur dire que je n'avais pas de ticket !

— La loi, c'est la loi.

Il essaie de prendre ma main, je le repousse.

— Marche loin. Tu me soûles.

On zigzague entre les passagers qui se tassent sur le quai. Basile se colle contre le mur et la mosaïque des pièces de théâtre qui se jouent en ce moment à Paris. Parmi elle, *Bel-Ami*, avec Robin Saule.

— Décolle-toi de là, c'est dégueulasse.

— Le pousseur du métro peut surgir à tout instant. Il précipite les enfants trop bavards sur les rails.

— Alors tais-toi, et il ne te poussera pas.

Le métro arrive, la foule se jette contre les portes, je fonce dans le wagon, m'écrase contre les passagers.

— Victoire, attends-moi !

Le signal de départ retentit. Je cherche la main de Basile, me retourne, l'aperçois sur le quai, les bras croisés.

— Basile !

Les portes se referment, je me précipite. Colle les mains, le front sur la vitre.

— Bouge pas ! Reste ici ! Je reviens te chercher !

À la station suivante, je sors du wagon comme un pop-corn qui éclate, cours dans les escaliers, suis les flèches ligne 13, direction Châtillon. Je joue des coudes sur le quai bondé. Des employés en gilet orange se tiennent au garde-à-vous le long de la voie.

Prochain train dans sept minutes. SEPT MINUTES ? Pourquoi sept minutes ? Tout ce que Basile peut faire en sept minutes… Qu'est-ce qui m'a pris ? J'aurais jamais dû accepter de le garder lundi matin ! Je crois tout le temps que si MOI je suis gentille TOUT LE MONDE sera gentil avec moi. Mais c'est précisément l'inverse. Plus on est gentil, plus on se fait baiser.

Mesdames, messieurs, suite à un incident grave de voyageur, le trafic est perturbé sur l'ensemble de la ligne 13.

Un incident grave ? Putain, c'est Basile. Il est descendu sur les rails, a couru comme un fou dans le tunnel pour me retrouver. J'ai tué Basile. Qu'est-ce que je vais dire à sa mère ? On a sauté le portique du métro, je ne voulais pas acheter de ticket. Un euro trente ! J'exige de lui qu'il fraude sans se poser de question. Qu'est-ce qui tourne pas rond chez moi ? Il a neuf ans et je lui fais la gueule comme si c'était mon mec. Et encore. Même Robin je le ménageais ! Quand il me traitait de salope devant ses potes après m'avoir baisée sous la douche, je disais rien. Quand on couchait ensemble, je faisais semblant. Semblant de jouir, de mordre le coin de l'oreiller, de gémir, d'ouvrir la bouche, de crier, pour qu'il soit content. Parce que c'était les seuls moments où il me prenait dans les bras. Les seuls moments où je l'avais pour moi.

Prochain train dans six minutes. Un lendemain de fête, je me suis réveillée complètement nue au milieu de ses copains endormis. Ça puait la bière et la sueur, j'avais la bouche sèche, la main de Nicolas sur le ventre, la jambe coincée sous celle d'Éric. La dernière chose dont je me souvenais, c'était d'avoir dansé en soutien-gorge au milieu du salon. Robin, debout sur le lit, nous prenait en photo avec son portable. Il s'est marré et il a dit : « Ben quoi ? Entre copains, on partage tout. » J'ai voulu le quitter. J'ai pas réussi.

Prochain train dans cinq minutes. À chaque fois que je me décidais à en finir avec lui pour de bon, on se retrouvait dans n'importe quel bar de Juvisy. Il s'amenait avec ses cheveux blonds, ses taches de rousseur autour du nez et son putain de Labello noix de coco. Il m'offrait des petits cadeaux pour rire : un briquet bleu avec écrit « Flamme de ma vie », une serviette en papier pliée en coquelicot, un scoubidou au bout cramé.

Le jour où il a cessé de jouer dans les théâtres de poche avec ses copains et qu'il a été engagé sur une pièce au théâtre des Champs-Elysées, il m'a larguée par texto : « Ma carrière d'abord, je t'aimerai toujours. » Et j'ai répondu « Je comprends. »

Prochain train dans quatre minutes. Basile a neuf ans. Il a besoin de moi, il est en danger, et la dernière chose que je lui ai dite c'est : « Marche loin. »

Tapi au fond d'un wagon de la ligne 14, caché sous la capuche de son sweat-shirt, Adam dessine. L'homme en face de lui gobe des cacahuètes une par une. Glop. Glop. Glop. Adam lui griffonne des petites oreilles de hamster. L'odeur des cacahuètes lui rappelle qu'il a oublié de petit-déjeuner. Station Saint-Lazare, il bondit sur le quai. En fouillant dans la poche de son jean pour trouver deux euros, il marche jusqu'au distributeur Selecta.

Un gamin donne des petits coups sur la vitre du distributeur.

— Cinq Mars, trois Snickers, sept Twix…

— T'achètes un truc ou tu fais l'inventaire ?

— Trois sachets de Skittles, neuf sachets de M&m's…

Il lui tape sur l'épaule.

— Hé, j'ai faim.

Le gamin se retourne, les joues barbouillées de larmes.

— Je te reconnais ! Qu'est-ce que tu fais ici tout seul ?

— J'ai été abandonné deux fois en treize heures, dit Basile en levant le pouce. D'abord ma mère.

Il lève l'index.

— Puis ma baby-sitter.

— Ah, les femmes… soupire Adam.

Adam fait glisser deux pièces pour un Balisto, s'assied, tape sur le siège voisin. Basile se laisse tomber. Il écrase le poing sur ses yeux pour essuyer ses larmes.

— Ta baby-sitter, c'est la fille en veste en jean ?

— Ce n'est pas son unique signe distinctif. Elle est aussi cruelle et déloyale.

— Ah carrément !

Basile tord sa lèvre entre ses doigts, arrache un petit lambeau de peau. Plante ses ongles dans son menton et gratte, gratte en fermant les yeux.

— Stresse pas, elle va revenir ta baby-sitter. Je vais attendre avec toi.

— Vous, vous êtes digne, dit Basile en hochant la tête.

Adam lui tend une barre de Balisto.

— T'en veux ?

— La culture de l'huile de palme provoque la destruction d'un million et demi d'hectares de forêt amazonienne par an.

— C'est trop bon, dit Adam en croquant la gaufrette chocolatée. Tu rates quelque chose.

— Vous venez de tuer un orang-outang.

Adam s'empare d'un journal qui traîne sur un siège, sort un stylo de sa poche.

— Vous n'êtes pas passés au stand de *Direct Matin*, ce matin.

— Victoire était impatiente. Elle n'a même pas pris le temps de lire son horoscope.

— C'est quoi son signe ?

— Cela dépend des jours.

— Alors c'est quoi son signe, aujourd'hui ?

— Taureau, le signe des gens pressés.

Une minute. Le métro arrive. Sur les vitres, les visages des passagers sont aplatis comme des décalcomanies. Les employés de la RATP en uniforme vert ouvrent les bras devant les portes : « Veuillez faciliter la descente s'il vous plaît. » Je fonce dans le wagon, épaules en avant.

— Doucement, mademoiselle !

— Je peux pas attendre le prochain, je suis trop pressée !

Une fille aux cheveux roses soupire.

— Meuf, on est TOUS pressés.

Elle a une haleine de clope et de yaourt moisi, je me tourne face au quai, écrasée contre un mec qui pue la sueur, le manche d'une valise me blesse les côtes. Je me hisse sur la pointe des pieds pour que les portes puissent se fermer.

Nous vous rappelons que suite à un incident grave de voyageur, le trafic est perturbé sur l'ensemble de la ligne 13.

— Encore un suicide, grince une dame. Ils peuvent pas attendre la fin de l'heure de pointe ?

Le métro avance en cahotant, comme si le conducteur faisait une course en sac. Je sens une main chatouiller mes fesses. J'essaie de m'écarter. La main insiste, les doigts forcent un passage entre mes cuisses.

— Arrête ça ! Connard !

Je donne un coup de coude au hasard.

— Aïe ! Vous êtes dingue ! crie une fille.

La main se rétracte.

— Quelqu'un me touchait !

— Faut arrêter la paranoïa, sérieux, c'est relou.

— Mais je vous jure, j'ai senti…

Tant pis. Je ferme les yeux, enfouis ma bouche dans le col de mon pull, mordille ma petite croix. Faites que Basile soit vivant, que ce ne soit pas lui, l'incident voyageur.

Station Saint-Lazare, je m'extirpe du wagon, rebondis sur une parka, mon genou cogne un chien d'aveugle.

— Pardon !

Au bord des rails, sur la pointe des pieds, je scrute le quai d'en face. Les passagers se tassent et se bousculent. Je cherche Basile, ne le vois pas. Le métro arrive dans un fracas métallique, bouche la vue. Il repart.

J'aperçois la chapka orange de Basile. Morceau par morceau, le monde se reconstruit autour de moi comme un puzzle.

Basile est vivant. Basile n'est pas tout seul. Basile ne se gratte pas le menton.

À côté de lui, affalé sur un siège de la RATP comme dans un rocking-chair, Adam tape ses baskets l'une contre l'autre, il griffonne sur un journal, le passe à Basile qui éclate de rire.

Je voudrais voler par-dessus les rails pour les rejoindre, m'asseoir cinq minutes, tout raconter à ce garçon aux cheveux longs, faire les mots croisés, une sieste, lui faire un câlin.

Basile court vers moi. Il enserre ma taille, m'attrape les mains, enfouit la tête dans ma veste en jean, lève les yeux.

— Tu ne m'as pas abandonné.

Je le serre contre moi.

— J'ai flippé Basilou. Ça va ?

— Tu m'étouffes.

— Tu vois, dit Adam, t'es pas seul au monde, finalement.

Je m'essuie les joues et les yeux dans la manche de ma veste. Croise les yeux vert pâle d'Adam.

— Je suis désolée, merci beaucoup.

— C'est pas de ta faute, c'est le bordel la ligne 13.

— T'es tout le temps là au bon moment.

Un métro approche.

— Faut qu'on y aille, je dis. On est en retard, comme d'habitude.

J'entraîne Basile dans le wagon, le signal de départ retentit, les portes se referment, Adam se précipite, les écarte à la force des bras.

— Tu vas te faire arracher la main ! crie Basile.

Adam me donne le journal.

— Lis ton horoscope !

Il bondit hors du métro, les portes se ferment. Je le regarde s'éloigner d'un pas si léger qu'on le croirait monté sur des semelles de vapeur. Basile s'assied sur un strapontin, m'ouvre le siège voisin. Une dame passe entre les rangs. Fine dans une longue robe de satin rose, elle chante « Hallelujah » en chinois, un gobelet Joyeux Anniversaire entre les mains.

— Tu crois que c'est vraiment son anniversaire ? chuchote Basile.

— Je ne sais pas.

J'ouvre le journal à la page des horoscopes. Adam a dessiné une veste en jean sur deux jambes qui courent et a entouré le signe Taureau : « Si vous ne faites pas de pause, personne ne le fera à votre place. » Il a écrit : « Jupiter est formel, il faut prendre un café avec un livreur de journaux » et a ajouté son numéro de téléphone.

Je souris, me mords la lèvre, arrache la page. La plie dans ma poche et en sors mon portable. SugarDaddy.com.

Valmont : Vous êtes libre pour dîner ce soir ?

— Adam est dessinateur, dit Basile. Il est doué, non ?

— Très !

— J'aimerais qu'il devienne mon ami.

— On ira lui dire bonjour demain.

— Et cet après-midi ? Nous avons raté le début de ton cours, n'est-ce pas ?

— On va aller à la Bibliothèque nationale de France. Tu verras, c'est magnifique, il y a de la moquette rouge, un patio vitré, avec une petite forêt, et une chèvre.

Il regarde la fenêtre gribouillée de graffitis.

— Tout va de travers. Je suis désorienté.

Je passe le bras autour de ses épaules, le serre contre moi.

— À nous deux, on fait une belle équipe de désorientés.

La Bibliothèque nationale de France est mon endroit préféré à Paris. Sur le parvis, entre les quatre grandes tours de verre, les étudiants et les thésards pique-niquent, un groupe de trois filles répète une chorégraphie de Beyoncé. Je me sens vraiment parisienne quand je viens ici. Depuis le plan Vigipirate, il faut laisser ses affaires au vestiaire. En échange de nos sacs, les vigiles nous donnent des cartables en plastique transparent. Il y a les étudiants qui plient leur écharpe en quatre, casent leurs trousses et leurs cahiers bien droits. Et puis il y a ceux qui fourrent tout en vrac, pomme, stylo, feuilles cornées, ordinateur. J'aligne mes carnets et ma trousse pour qu'on se dise que je suis bien rangée dans ma tête. Les salles de travail sont articulées autour d'un « jardin-forêt ». Je montre la chèvre à Basile, elle broute, planquée derrière sa cabane.

— Personne ne la caresse, dit Basile, les mains collées aux vitres. J'aimerais bien la caresser.

— Moi aussi. Mais c'est fermé.

— Ça doit la rendre triste, de voir tous ces gens et de ne pas recevoir d'affection.

— Elle ne nous voit pas. C'est des vitres teintées.

— C'est mieux comme ça. Elle se sentirait vraiment trop seule.

Je l'entraîne jusqu'à la salle V. Littérature Française. Les lumières sont tamisées, je marche sur la pointe des pieds pour que mes bottines ne claquent pas sur le parquet, vide mon sac sur une table, tords le cou d'une lampe pour éclairer mes cahiers.

— Il y a des livres sur Jacques Prévert ? demande Basile.

À l'autre bout de la table, un garçon toussote, désigne un écriteau « le silence est l'élément dans lequel se façonnent les grandes choses ».

Basile plaque la main sur sa bouche et me regarde, affolé.

— C'est pas grave, je murmure. Le XXe siècle, c'est au bout du couloir. Je vais venir avec toi.

Il se penche sur mon oreille et chuchote :

— Je peux y aller seul.

— Bravo, quel progrès.

— Tu as une excellente influence sur moi.

Je le regarde traverser la salle à pas de loup, prends dans ma trousse un morceau de réglisse emballé dans un petit papier blanc, ouvre mon cahier de latin.

Quid est, Catilina, quod te iam in hac urbe delectare possit.

Ici, j'écris, *Quod introduit une relative à valeur d'indétermination, proche d'une consécutive.*

Faire une version de latin, c'est remplir une grille de sudoku. J'oublie tout le reste, les cellules se multiplient dans mon cerveau.

Je suçote le cube de réglisse au goût carbonisé et sucré, il colle aux dents, muscle ma mâchoire, m'apaise. Un murmure gonfle dans la bibliothèque. Des rires éclatent, les têtes se tournent vers l'allée principale, un bibliothécaire se penche sur son chariot à roulettes. Du fond de la salle, une énorme pile de livres chancelle sur deux petites jambes qui tricotent.

Je me précipite pour aider Basile.

— T'en as pris beaucoup trop…

Il aligne ses livres en un petit muret devant lui, ouvre une biographie de Prévert, me sourit. Je reprends ma version.

Qu'y a-t-il, Catilina, qui puisse te plaire désormais dans notre ville ?

Mon portable vibre sur la table, une petite bulle rose s'affiche. SugarDaddy.com.

Valmont : Alors, ce soir ?
Lollipop : C'est possible un autre jour ?
Valmont : Je pars à Helsinki demain.

La calculette de mon cerveau reprend sa course folle. Amende RATP, 150 euros. Taxe d'habitation, 756 euros. Loyer, 512 euros. Solde compte courant : -26 euros.

Je réponds à Valmont :

Lollipop : OK pour ce soir.
Valmont : RDV 20 h 30 au Wepler ?

Je passe souvent devant cette grande brasserie Art déco de la place de Clichy. Elle est rouge, dorée. Toujours pleine à craquer. On y sert des huîtres sur des plateaux à étages.

Lollipop : 20 h 40.
Valmont : La réservation sera à mon nom.

Basile lit en bougeant les lèvres, les mains sur les oreilles, les coudes sur la table.

Je cherche sur Google : « Quel âge pour laisser un enfant seul à la maison ? » Le site parents.com me répond : « Il n'y a pas de cadre juridique mais on peut dire qu'à partir de six ans, un enfant peut rester seul quelques heures. »

— Basile, j'ai un dîner ce soir. Tu peux rester seul quelques heures ?

— Non.

— Tu pourras regarder *Le Roi et l'Oiseau* autant de fois que tu veux.

— Toujours non. Et je ne te savais pas si mercantile.

Notre voisin soupire, remballe ses affaires, s'installe trois tables derrière nous.

J'envoie un sms à Allison :

Moi : Tu pourrais faire un baby-sitting ce soir ?
Allison : Impossible. Je refourgue un stock de Doc Martens à une soirée Rockabilly. T'en veux une paire ?

Moi : Pas de tunes.
Allison : De toute façon, c'est moche et ça nique les pieds.

La BNF est à quelques pas de l'université, Lilia nous rejoint à la cafétéria pour déjeuner. Mâchonnant une feuille de salade, elle poinçonne Basile de regards inquiets.

— Tu peux aller chercher une carafe d'eau Basilou ? je demande.

— C'est une mission pour moi, il répond en levant le poing.

Il court jusqu'à la fontaine et je me penche vers Lilia.

— Qu'est-ce qu'il se passe ?

— Il t'a déjà parlé de son père ? Et du collège ?

— Pourquoi tu me demandes ça ?

Elle sort une copie double de son sac.

— C'est la rédaction que je lui donnée. « Écrire sur soi peut-il guérir les blessures ? » Lis le dernier paragraphe.

« Non, il ne faut pas écrire sur soi. La vie s'en charge déjà très bien. Sur notre peau, il y a des cicatrices qui racontent des choses. Par exemple, ma cicatrice sous l'œil. La plupart des gens pensent qu'il s'agit d'une tache de naissance. Ce n'est pas cela. Lorsque j'étais petit, ma mère a effectué la scénographie de la Grande Galerie de l'Évolution. J'ai alors développé la passion des dinosaures. J'avais demandé pour l'anniversaire de mes quatre ans une figurine du plus grand dinosaure du monde. Mon père m'a offert le Tyrannosaurus Rex. C'est une erreur commune.

Il s'agit du dinosaure carnassier le plus grand. Mais le plus grand de tous les dinosaures était herbivore. Il s'agit de l'Argentinasaurus. Si mon père avait fait des recherches, il aurait trouvé cette information. Lorsque j'ai reçu son cadeau, j'ai commis l'erreur indigne d'exprimer ma déception. Il est entré dans une grande fureur et a jeté sa fourchette sur ma joue. Il a hurlé “Je ne pouvais pas avoir un fils normal ?”. Quelques semaines plus tard, mon père a quitté le domicile familial à cause de moi. Il vit désormais en Bretagne, à Saint-Malo. C'est une très belle ville fortifiée qui fut autrefois un bastion pour les corsaires. Les corsaires portent des cicatrices qui leur rappellent leurs batailles. Ma cicatrice me rappelle d'être toujours satisfait des cadeaux que l'on me fait et d'être prudent lorsque je donne mon avis. Pour les bleus que j'ai sur les tibias, le responsable est Oscar Scarmoncin, l'élève populaire de ma classe. Il ne doit ce statut qu'aux sachets de bonbons qu'il apporte chaque jour à la récréation. J'ai beau réfléchir, je ne vois pas quels enseignements tirer de ces bleus-là. »

Je ferme la copie, prise d'une nausée, comme si j'avais fumé un paquet de cigarettes en cinq minutes.

— Pauvre gosse, soupire Lilia. T'étais au courant ?

— Change de sujet, je murmure. Il revient.

En tenant la carafe à deux mains, Basile remplit nos verres.

— Vous parliez de moi ?

— Je disais à Lilia que tu as adoré la bibliothèque.

— Un jour, je deviendrai professeur conférencier. Je serai spécialiste de l'œuvre de Jacques Prévert.

Lilia se lève :

— Je serai au premier rang de toutes tes conférences.

— Dis, Lilia, tu pourrais le garder ce soir ? je demande.

— Basile, je t'adore…

— Merci.

— Mais je bosse de 9 heures à 18 heures et j'ai passé l'âge de faire du baby-sitting.

Elle écrase les joues de Basile dans ses mains, lui colle un baiser sur le front, m'embrasse dans les cheveux.

— À demain, les petits loups.

Je me penche sur Basile :

— J'ai une idée pour ce soir. Et si je demandais à Adam de venir te garder ? Tu t'es bien entendu avec lui, non ?

— Pourquoi pas, mais je préfèrerais venir avec toi afin d'assurer ta sécurité.

— Je ne suis pas en danger.

— Alors pourquoi tu sursautes à chaque fois que ton téléphone s'allume ?

— Je ne sursaute pas du tout.

— On peut savoir avec qui tu vas dîner ?

— Basile, je veux que tu respectes mon intimité.

— Intime. Ce qui est intérieur et secret. Compris.

Derrière le comptoir de la pizzeria, Adam épluche, tranche et sifflote. Il jette un œil à sa montre. 19 h 25. Il sourit aux champignons, caresse le fenouil, envoie des baisers aux brins de persil et aux betteraves. *Ah, les betteraves ! Qu'est-ce que vous êtes sympas. Votre peau se décolle sans broncher sous mes doigts. Et votre couleur… Rouge, violet, bordeaux ? Plus précis, plus subtil… carmin, lie-de-vin, zinzolin…*

Floriane, la nouvelle employée assignée aux boissons, râle et appuie sur tous les boutons.

— Ça déborde ! Putain, j'y arriverai jamais.

Adam l'encourage :

— Dans deux jours, tu seras la reine des limonades.

Steve, le manager, lui donne un coup de coude et murmure :

— Elle t'excite, la nouvelle ?

Steve passe ses soirées bras croisés à vérifier que personne ne donne plus d'un sachet de sauce piquante et deux serviettes en papier par pizza, que les filets à cheveux restent bien en place sur les cheveux et que le PSG gagne tous ses matchs retransmis à la télé.

— Mate-moi cet avion de chasse ! il susurre, les yeux sur le clip d'une fille aux hanches tatouées.

— C'est une fille, pas un avion de chasse, dit Adam.

— Les tatouages sur la chute des reins, je kiffe... Quand tu prends les filles en levrette ça donne de l'entrain, si tu vois ce que je veux dire.

Il lui donne un coup d'épaule.

— T'es pas d'accord ?

Adam jette un œil à l'horloge :

— Encore une Pepper Panic et je me casse.

Il étale la sauce tomate sur la pâte, ajoute quelques poivrons gluants, une bonne dose de poivre, l'enfourne et enlève ses gants.

— À demain, la compagnie !

Steve tend le bras pour lui barrer la route.

— Tu peux faire un shift supplémentaire ce soir ? Coline est malade.

— Impossible, j'ai déjà un plan.

— Un plan cul ?

Adam enlève sa toque en papier.

— Un baby-sitting.

Rue des Épinettes, Adam laisse son vélo contre le tronc du saule pleureur. Il pose le doigt sur la sonnette, Basile ouvre :

— 19 h 59, tu es ponctuel. Bienvenue chez moi.

Adam frotte ses baskets sur le paillasson, Victoire déboule dans le couloir, perchée sur des escarpins.

— T'as pris ton bain Basile ? Ah ! Adam, entre, merci, c'est trop sympa d'être à l'heure.

Elle attrape un foulard sur le portemanteau, l'enroule autour de son cou, libère ses cheveux, enfile un long manteau noir.

— Je veux que tu arrêtes de voler les vêtements de ma mère, dit Basile.

— Je lui rendrai.

Elle se penche sur le miroir, remet une couche de rouge à lèvres et sourit à Adam.

— Tu me sauves la vie.

Basile colle le nez contre la robe et la renifle, Victoire le repousse.

— Mais ça va pas ? Tu fais quoi ?

— Sais-tu combien coûte un flacon de ce parfum Hermès ? Deux cents euros les quatre-vingt-cinq millilitres. Soit trois euros trente la pulvérisation.

— Ta mère les retirera de ma paye.

— Et ces boucles d'oreilles sont une réplique de la parure de Jackie Kennedy. Je n'ai pas le droit d'y toucher. Pourtant je les admire. Victoire, tu n'es pas digne.

— Ça va Basile, je remettrai tout en place, elle ne s'en rendra même pas compte.

Elle prend son sac, se tourne vers Adam :

— Y' a des épinards et du filet de colin dans le frigo.

— Le mot « colin » désigne plusieurs poissons, dit Basile.

Un CD de Rossini atterrit dans les mains d'Adam.

— Si jamais il panique, il faut lui poser des questions sur les chanteurs d'Opéra.

— Surtout les Italiens, ajoute Basile.

— Jacques Prévert, ça marche aussi, ajoute Victoire en lui tendant *Paroles*, de Prévert.

Adam hoche la tête, étourdi.

— Oui-oui, pas de souci, et tu rejoins qui, habillée en Jackie Kennedy ?

— Je vais au Wepler, place de Clichy. Je rentrerai vers 1 heure du matin, merci, merci, merci. Et désolée de t'avoir demandé au dernier moment.

Elle claque la porte. Par le clapet de la boîte à lettres, Basile hurle :

— Surtout, sélectionne des plats équilibrés !

Il se tourne face à Adam.

— Le colin désigne aussi le merlu.

— Avec qui elle va dîner, exactement ?

— Respecte un peu son intimité.

Le mardi soir au Wepler, c'est « Happy Oyster ». Une huître achetée, une huître offerte. C'est écrit sur l'ardoise du stand de l'écailler. Il bâille derrière son comptoir marqué d'un W doré, tasse la glace pilée autour des bulots, resserre un élastique autour de la pince d'un homard.

Plantée devant lui, j'ai les jambes qui tremblent et le cœur au galop. Tout à l'heure, en voyant Adam et Basile dans l'entrée, j'ai eu envie de tout laisser tomber, de rester avec eux et de regarder un dessin animé.

— Deux douzaines de Marennes ! Bien fraîches, hein. C'est pour des Américains, je veux un gros pourboire.

— Ça roule, ma poule.

L'écailler me fait un clin d'œil. Je préférerais dîner avec lui, tiens. Il doit avoir plein d'histoires à raconter. Il enfonce son couteau dans la fente d'une coquille, tourne la pointe, l'écaille craque, la coquille résiste.

— Même les huîtres font la gueule en ce moment.

J'entre dans le restaurant, tout est propre, clinquant. Les volutes du papier peint doré brillent sous les lustres Art déco. Mes côtes se serrent. Je vais me faire baiser pour cinq cents euros. Les orchidées se contorsionnent sur les tables. J'arrache un pétale, l'écrase et le roule entre mes doigts, fais un petit bourrelet humide que je jette sur la moquette. Ce matin à la radio, ils parlaient d'un type qui s'est assis sur une gazinière allumée pendant trois minutes pour vingt mille dollars.

Plus de couilles. Cramées, fondues, grillées.

Ça, c'est définitif.

Bloc-notes à la main, un serveur approche.

— Vous avez une réservation ?

— Au nom de M. Valmont.

— Au fond du restaurant, la table à gauche, dit le serveur avec un petit clin d'œil complice.

Il sait. Le serveur sait, les clients savent, même les huîtres savent.

Au fond de la salle, Valmont plie et déplie sa serviette en papier. Il est pas mal. Épaules larges, un peu dégarni, teint pâle, yeux bleus. Ils doivent être tous comme ça les Finlandais. Là-bas, le soleil ne brille jamais.

Il lit une liasse de feuilles imprimées. Je ne m'attendais pas à ce qu'il soit beau. Il me voit arriver, se lève, son large sourire laisse apparaître deux canines pointues.

Il me tend la main.

— Éric.

— Victoire.

Il plisse ses yeux bleu électrique et je me recroqueville, minuscule et sans défense. Il retient mes doigts une seconde, les serre. Pourquoi ça m'excite ? Je ne suis pas normale. Pas normale du tout, je devrais être terrifiée. Pourquoi je n'ai jamais les bonnes émotions au bon moment ?

— Désolée d'être en retard, je dis.

Il sort de sous la table un bouquet de roses.

— Des fleurs ravissantes pour une jeune fille ravissante.

— Merci. Fallait pas.

Je m'assieds en tirant sur ma robe, pose les fleurs à côté de ma chaise. Où est-ce que je vais les mettre, ces roses ? Je n'ai même pas de vase. Le serveur verse un fond de vin dans un verre. Valmont goûte, hoche la tête sans le regarder. Je joue avec le manche de mon couteau. Il faut que je parle, que je lance la conversation, vite.

— Et Helsinki, c'est sympa ? je demande.

— Très, il dit.

— La seule chose que je connaisse en Finlande, c'est le compositeur, celui qui a un nom de libellule… Syllabus ?

— Sibelius. Tu t'intéresses à la musique classique ?

— Mon père bossait à la Philharmonie.

Je gratte la nappe en papier avec la pointe de mon couteau. Je ne précise pas « vigile à la Philharmonie ». De toute façon, c'est pas le moment de penser à papa.

— J'admire beaucoup le travail de Jean Nouvel, dit Valmont.

De quoi il parle ?

— C'est l'architecte de la Philharmonie, il ajoute.

— Oui, oui, je sais.

Un serveur approche, une main derrière le dos, les hanches en avant. Sa voix fait des courbettes.

— Un tartare monsieur, comme d'habitude ?

— Pas de câpre. Vous n'oublierez pas, cette fois.

Il lui parle en gardant les yeux sur le menu, sans dire merci ni s'il vous plaît. Je me sens mal pour le serveur, je lui souris gentiment.

— Et pour vous ?

Je prends le premier plat qui me tombe sous l'œil.

— Poireaux tièdes, vinaigrette.

— C'est tout ?

— J'ai pas très faim.

C'est vrai, j'ai la gorge et le ventre fermés à triple tour. C'est au moins ça de gagné.

Assis bien droit sur un tabouret au milieu du salon, Basile pose pour Adam.

— J'ai un profil intéressant ?

— Hyper inspirant !

— Je voudrais savoir faire quelque chose d'exceptionnel, comme toi.

Adam donne un coup de gomme.

— Je suis sûr que tu sais faire des tas de trucs exceptionnels.

— Je connais par cœur des poèmes optimistes.

Adam pose son crayon.

— Je t'écoute.

Basile met la main sur la poitrine :

« — *Il y en a qui s'appellent*
Aimé Bienvenu ou Désiré
Moi, on m'a appelé Destiné
Mais j'ai eu de la chance
On aurait pu m'appeler
Bon à rien Mauvaise graine Détesté Méprisé
Ou Perdu à jamais[1]. »

---

1. Jacques Prévert, *Grand Bal du Printemps*, Gallimard, 1976.

Il reprend son souffle et ajoute :

— C'est un poème de Jacques Prévert. Toute ma classe est partie visiter sa maison à Omonville-la-Petite.

— Pas toi ?

— Personne ne veut de moi, dans ce collège. Je voudrais un ami.

Adam tourne le tabouret de Basile face à lui.

— T'as un ami maintenant. C'est moi. On va commander une pizza.

— Tu n'es décidément pas un modèle d'équilibre alimentaire.

— Je suis en pleine forme !

Basile vise les biceps d'Adam.

— J'aimerais avoir des muscles.

Il regarde sous la table :

— Et j'aimerais avoir des pieds immenses comme toi. C'est vraiment exceptionnel.

— C'est parce que je mange un max de pizzas.

Basile le regarde, stupéfait.

— Commandons-en sur-le-champ.

— T'aimes les poivrons ?

— Je les adule.

— Le poulet ?

— À condition qu'il ait grandi dans des élevages respectant les normes de l'agriculture biologique.

— Je nous prends une Louisiane.

Basile lève le nez :

— En 1880, Napoléon Bonaparte a cédé la Louisiane aux États-Unis pour 15 millions de dollars. J'espère que la pizza sera moins chère.

— T'inquiète, c'est pour moi, dit Adam en tirant son portefeuille de sa poche. File-moi l'ordinateur, je passe la commande. Et on va regarder un film en streaming.

— Le streaming est illégal. Et l'ordinateur, celui de Victoire. Je n'ai pas le droit de l'utiliser.

— Je suis sûr qu'elle m'en voudra pas.

— Nous pourrions regarder *Le Roi et l'Oiseau*. J'ai le DVD.

— Bonne idée, dit Adam.

L'écran s'allume sur une page rose.

« SugarDaddy.com. »

Je peigne mes poireaux avec les dents de ma fourchette. Valmont attaque son tartare. La porte battante de la cuisine souffle à chaque passage des serveurs. Valmont parle, je l'écoute et je souris. La plupart des gens veulent qu'on les écoute et qu'on sourie. Valmont voyage tout le temps, il travaille trop. Il a monté une boîte à Helsinki, le Airbnb de l'évènementiel. Ça s'appelle « Paikka », ça veut dire « lieu » en finnois. Ça marche bien. Ils sont passés de deux associés à vingt-six employés. Alors il a créé « Ruoka », Skooteri » « Terassi »… Une vraie *Success Story. A lot, lot of money*. C'est super l'argent, le succès, mais il n'a pas une minute à lui. Il a besoin d'un break, il pense à faire un stage de yoga, ou une randonnée dans les montagnes françaises.

— Et toi ?

J'arrache un morceau de mie de pain, le malaxe entre mes doigts. C'est la première pause de son monologue.

— Je suis étudiante.

— C'est merveilleux, dit-il en contemplant son reflet dans le miroir. Laisse-moi deviner. Littérature ? La langue française est magnifique. Je déteste ceux qui disent « des fois » au lieu de « parfois ». Ça les classe socialement, tu ne trouves pas ?

Je ne réponds pas, je dis tout le temps « des fois ».

— C'est comme « au jour d'aujourd'hui », il continue. Ça fait présentateur de télé camerounais. Qu'est-ce que tu veux faire, avec tes études de lettres ?

— Pour l'instant, je veux étudier en Amérique, j'ai postulé à un échange dans le Verm…

— Tu dois tout le temps te faire draguer, non ?

— Pas vraiment.

— Moi, je ne me fais jamais draguer. Je ne suis pas assez beau.

Il fait la moue, attend. Je sais ce qu'il veut que je dise, alors je le dis.

— Je te trouve beau.

Il cherche son reflet dans mes pupilles.

— Je suis gras. Et j'ai un strabisme quand je suis fatigué.

— J'ai pas remarqué.

— Tu aimes la littérature italienne ? Le cinéma italien ?

— Je suis plutôt films améri…

— *Il Mattatore* tu l'as vu ? Dino Risi. Chef-d'œuvre. *L'Homme aux cent visages…*

Je dis oui, oui, je ne connais rien et de toute façon, il ne m'écoute pas. Il n'arrête pas de parler. Le flot de ses mots rentre dans ma bouche, mes oreilles, mon nez. Sous la table son pied frotte mon tibia. En fait il est déjà en train de me baiser. Je me sens minuscule et invisible. Et le plus bizarre, c'est que tout au fond de moi, j'aime ça.

— On pourra le voir ensemble à Paris, si tu veux. *Il Mattatore.* Tu connais la Cinémathèque ?

— C'est à côté de ma fac. Mais je n'y suis jamais allée.

— Et je t'emmènerai sur un super rooftop, à la Nouba. J'y vais tout le temps, ils me connaissent là-bas. Tu verras.

Je n'ai pas touché à mon grand bol de couteaux, luisant de beurre persillé. Valmont pique un long mollusque sur sa fourchette, le porte jusqu'à ma bouche.

— Goûte.

J'ouvre la bouche, la referme sur la fourchette. Je mâche, c'est visqueux, trop aillé, trop salé, des morceaux de coquilles craquent sous ma dent.

— C'est bon ?

Ses yeux m'ordonnent d'avaler. Je hoche la tête. J'avale.

Une grosse dame passe à côté de nous, ses cheveux rouges jurent avec sa grande robe verte. Elle tient le bras de son enfant atteint de trisomie.

Valmont les regarde passer, et chuchote :

— C'est le carnaval, aujourd'hui ?

Il a ses mots plein la bouche. Je veux que le lustre se décroche et l'empale. Je voudrais qu'un cinglé entre dans le bar et nous flingue tous les deux. Je reprends un verre de vin, jette un œil à l'horloge. Une heure est passée.

Courage, Victoire.

Loyer. Taxe d'habitation.

Devant *Le Roi et l'Oiseau*, Basile dévore une part de pizza.

— C'est un véritable régal. Un festin !

Assis sur un tabouret de bar, Adam consulte Thorgal et Superman.

— Est-ce que je dois aider Victoire ?

— C'est pas ton problème, dit Superman. Le principe d'ingérence, ça te dit quelque chose ? Combien de guerres on a déclenché à cause de ça ?

Thorgal brandit sa hache.

— T'es un guerrier ! Et si elle tombe sur un serial killer ?

Adam met Thorgal dans sa poche.

— Basile. Victoire vient de m'envoyer un message, faut qu'on aille la chercher. Les escarpins de ta mère lui font super mal aux pieds.

— Et les pizzas ?

— On les emporte.

La Rolex de Valmont indique 11 heures et quart. Un moucheron se pose sur mon tiramisu, ses ailes s'engluent dans la crème.

— On y va ? dit Valmont.

J'ai l'impression que quelqu'un appuie sur ma tête et me force à faire « Oui ».

Valmont appelle un serveur, mime un stylo signant une addition. Le garçon accourt, nous sourit de toutes ses dents. Une couche de tartre ourle ses gencives. Le goût de crème et de café remonte dans ma bouche.

— Tout s'est bien passé, messieurs dames ?

— Oui, dit Valmont.

Le moucheron se débat dans la crème. Je l'écrase avec la cuillère, l'enfonce dans la génoise. Dans le miroir, je vois la dame aux cheveux rouges. Elle essuie une goutte de sauce au coin de la bouche de son fils. Je ne veux pas suivre Valmont à l'hôtel. Je pourrais lui proposer de le faire vite, dans les toilettes du restaurant, pour cent euros. Le serveur repart, Valmont sort son portefeuille et jette vingt euros avec l'addition. Je me lève. Il m'aide à enfiler ma veste et je me laisse faire, j'ai l'impression que mon cerveau est posé sur la table et qu'il me regarde bouger. Valmont m'attire contre lui, me prend dans les bras, je respire une bouffée de son parfum. Santal. Orange. Bel-Ami, de Hermès. Il a le même parfum que papa. Je ne veux pas être dans un lit avec lui. Je ne veux pas de sa langue, de sa bouche, de ses bras.

— Faut que je rentre. J'ai oublié un truc important…

— Comment ça ?

— On pourrait le faire ici, dans les toilettes ? Rapide ?

Il prend ma main.

— Tu parles sérieusement ?

— Je le fais pour cent euros.

— Ce n'est pas ce qu'on avait prévu.

Il me serre la taille, je me dégage, traverse le restaurant en courant, heurte une desserte, bouscule un serveur.

Dehors, je vois Adam et je panique. Qu'est-ce qu'il fait là ?

— Y'a un problème ? C'est Basile ?

Adam pointe le menton vers un taxi garé à deux pas. Basile a les mains et le nez collés à la vitre.

— Mais qu'est-ce que vous faites là ?

— J'ai vu SugarDaddy.com.

— T'as fouillé dans mon ordi ? Pour qui tu te prends ?

— Je suis tombé sur la page en voulant commander des pizzas.

Je voudrais que le trottoir se transforme en sables mouvants et m'engloutisse.

— J'étais juste inquiet pour toi, ajoute Adam.

Le monde se met en pause. Inquiet pour moi ? J'ai envie de me blottir dans ses bras et de fermer les yeux. Par la fenêtre du taxi, Basile brandit une boule de laine :

— Je t'ai apporté une paire de chaussettes bien molles !

— Je lui ai dit que tu avais mal aux pieds, sourit Adam, à cause des escarpins.

— Merci.

— T'as eu le temps de dîner ? On a acheté des pizzas.

Dans le taxi, les lumières de la ville hachent l'obscurité de la voiture comme un stroboscope. Adam s'est assis à l'avant. À côté de moi, Basile contemple un grand carton de pizza ouvert sur ses genoux, pioche un brocoli, l'engloutit. Les lèvres closes, il bourdonne de plaisir. Adam demande au chauffeur :

— Vous pouvez mettre un peu de musique s'il vous plaît ?

— FIP, ça vous va ?

La bouche pleine, Basile s'exclame :

— C'est la station préférée de ma mère !

Un air de trompette, des frottements de baguette et une voix fredonne :

« They're writing songs of love but not for me.
A lucky star's above but not for me. »

— Chet Baker ! dit Adam. J'adore.

Le bourdonnement de Basile suit l'envolée de la trompette. Il me tend une lamelle de viande blanche.

— Je t'offre un morceau de gallinacé élevé en batterie qui n'a jamais vu l'herbe et les nuages.

— Non merci, j'ai pas faim du tout.

Il jette le poulet par la fenêtre.

— Adieu, valeureuse petite poule. J'espère que tu reverras ta Normandie au paradis.

Le chauffeur sourit dans le rétroviseur. Basile pose la tête sur mes genoux, je sens ses mâchoires bouger, je lui caresse la joue.

— Tu aimes la pizza, maintenant ?

— Ça donne des muscles. Ainsi, je serai fort comme Adam et je pourrai te protéger.

— C'est pas ton rôle.

Je colle le front sur la vitre glacée. Dehors, c'est Pigalle tout en rouge, en cuir, en néons et en résille. Les vitrines des sex-shops défilent, matraques, légions de sexes multicolores au garde-à-vous, le R de l'enseigne du Sexodrome clignote. Devant une épicerie ouverte 24 heures sur 24, trois hommes partagent une cigarette. Sur le trottoir du Moulin Rouge, les perches à selfie des touristes sondent la nuit comme des antennes de sauterelle. Je ne sais pas exactement pourquoi j'ai dit non à Valmont. Est-ce que c'est parce qu'il traite les serveurs comme des portemanteaux ? Parce qu'il s'est moqué de cette dame, de son enfant handicapé ? Ou parce qu'il a le même parfum que papa ? Est-ce que papa sauterait des étudiantes ? Un jour, sur une plage de Normandie, j'ai enlevé mon jean pour aller me baigner et il m'a dit « T'as un bon cul ». Je crois que c'était un compliment, mais je ne me suis plus jamais mise en maillot de bain.

Quand le taxi s'arrête rue des Épinettes, Basile s'est assoupi, un fil de gruyère sur le menton. La main sur son dos, j'essaie de le réveiller en le secouant doucement.

— Allez Basilou, je vais quand même pas te porter…

— Je m'en occupe, dit Adam en ouvrant la portière.

Du bout du pied, j'allume le lampadaire du salon, suis Adam jusqu'à la chambre de Basile. Quand j'étais petite, je faisais semblant de dormir dans la voiture pour que mon père me porte jusqu'à mon lit. J'avais l'impression qu'il était un géant indestructible et que rien ne pouvait m'arriver.

J'envoie valser mes bottines sur le tapis persan, envoie un sms à Allison.

Moi : Suis toute seule avec le livreur de journaux. Je fais quoi ?
Allison : Branle-le.
Moi : J'ai pas envie.
Allison : Roule-lui des pelles.

Le cliquetis de la porte retentit dans le silence. Je fourre mon téléphone entre les coussins et me redresse. Adam s'approche :

— Il dort.

— Ça te dit, un verre de vin ?

Adam pose son verre sur la table basse. Il soulève un article arraché d'un magazine : « Le décor doit vivre ». *Après trois ans d'absence, le retour du prodige de la scénographie.*

— C'est quand même dingue que vous n'ayez pas de nouvelles de sa mère depuis trois jours.

— Elle croit qu'il est en voyage de classe. Si tous les parents se mettent à téléphoner, t'imagines le bordel ?

— Quand je partais en voyage de classe, ma mère planquait un portable dans le fond de ma valise pour que je l'appelle tous les soirs.

— C'est un peu excessif.

— Toutes les mères font des trucs comme ça. Pas la tienne ?

— C'était pas son genre…

— C'était quel genre ?

— Distraite. Elle passait beaucoup de temps sur son ordi. Elle jouait à World of Warcraft.

Ses yeux s'arrondissent.

— Trop cool, ta mère !

J'épluche les poils du tapis. Trop cool, ta mère. Tous mes copains disaient la même chose. Trop cool, ta mère. Ils ne voyaient pas que le jeu l'avalait, suçait sa graisse, sa chair, gommait le rose de ses joues, le mascara sur ses cils, et j'avais une maman de profil.

— J'adore ce jeu, continue Adam. Elle faisait partie de l'Alliance ou de la Ligue ?

Je prends l'air fier.

— L'Alliance.

— C'était quoi, son pseudo ?

— Hydra.

— T'es sérieuse ? Hydra ? Mais ta mère, c'est une légende !

— La démoniste la plus forte du jeu.

— Elle devait passer des heures à jouer, pour atteindre ce niveau.

— Voilà.

— Quand elle a perdu le combat contre le dragon nain, on a tous halluciné. Personne n'a compris. Il était beaucoup moins fort qu'elle.

Je déglutis. Le jour où le dragon nain a flambé Hydra, c'est de loin mon pire souvenir.

— Elle joue encore ? demande Adam.

— Je sais pas, je l'ai pas vue depuis mes dix-sept ans.

— Pourquoi ?

— Un jour, je suis rentrée du lycée et elle n'était plus là.

— Et tu dis ça comme ça ?

— Ça s'est passé comme ça.

Je prends une gorgée de vin. C'est faux, ça ne s'est pas passé exactement comme ça.

— Et tu la vois jamais ? Elle habite où ?

— À l'étranger.

Ça aussi, c'est faux.

— T'as des nouvelles d'elle, quand même ?

— Non.

Ça, c'est vrai.

— Et ton père ?

— Il vit en banlieue avec sa femme, il ne peut pas trop m'aider. C'est pour ça, SugarDaddy.com.

— T'inquiète. Je te juge pas du tout. On fait tous des trucs dont on n'est pas fiers.

— Genre ?

— J'ai jamais osé dire à mes parents que j'avais arrêté l'école d'architecture. Ils ont payé une blinde, ils pensent que je suis diplômé alors que je passais mon temps à faire des courts-métrages pour des clips de mes potes, à dessiner dans le métro… J'ai presque trente ans et je suis livreur de *Direct Matin* en attendant de percer dans la BD.

— Tu me montres tes dessins ?

Il tend la main pour attraper sa veste, inspecte les poches.

— Tu vois mon carnet quelque part ? Un Moleskine, noir.

Il se lève, paniqué, soulève un magazine sur la table basse, vérifie sous une chaise.

— Il est peut-être resté dans le taxi, ou tombé au Wepler ?

— Putain, y'a tout mon boulot dedans !

— Appelle au restaurant ?

— Je crois qu'il vaut mieux que j'y aille directement. Ça ferme à quelle heure ?

Il a déjà attrapé sa veste.

— Tu m'en veux pas ? il ajoute.

— Mais non, je comprends. Fonce.

Il me serre contre lui, m'embrasse, un baiser léger, sans s'attarder, presque un baiser volé.

Je souris sous sa bouche.

— Ça veut dire qu'on va se revoir ?

Il dit oui, en une seconde sa main est sur la poignée de la porte.

— Désolé, à très vite !

J'entends le clac de la porte d'entrée, le clic de la lumière du hall. Je marche jusqu'à la fenêtre. Le temps que j'arrive, il est déjà parti. J'appuie le front sur un croisillon. Je regarde le saule pleureur pleurer tout seul.

La lumière de la cour s'éteint.

« Ça veut dire qu'on va se revoir ? » Qu'est-ce qui m'a pris de dire ça ? Je m'écroule dans le canapé, vide le pot de cacahuètes dans ma bouche, les croque jusqu'à faire une bouillie pâteuse. Je cherche « calories cacahuète » sur Google. 567 pour cent grammes. Je recrache tout dans la poubelle de la cuisine, écris à Allison.

Moi : Tu veux un verre de vin ?
Allison : Et Direct Matin ?
Moi : Il est parti.
Allison : Envoie l'adresse.

Une demi-heure plus tard, Allison arrive affublée d'un chapeau beige.

— Putain, c'est classe ici !

Elle s'assied en tailleur sur le canapé, sans enlever ses bottes de motarde.

— Raconte-moi tout Adam.

Je lui raconte tout Adam. Sauf le Wepler.

— « Ça veut dire qu'on va se revoir »… Qu'est-ce qui m'a pris de dire ça ?

— Mais non, j'adore !

— Ça fait pas trop la fille à fond ?

— Tu le kiffes, non ?

— Bah franchement, il est… il est super. Mais bon, faut pas rêver. Il a sept ans de plus que moi, quand même.

— Justement. Putain, c'est le fantasme ultime !

— Il a une passion, il fait de la BD, il lui faut une meuf qui…

— Ça y est, tu me soûles. Arrête de te raconter que tu vaux rien. Je peux manger le reste de la pizza ? Trop la dalle. Y'a quoi dedans ?

— Pas d'anchois, tu peux y aller. Je fais quoi, pour Adam ?

— Envoie-lui un texto.

Elle me fixe du regard, plie une part de pizza en deux, la mord. Je tape un message, le lis :

— « Merci pour ce soir, à bientôt j'espère ? »

— Putain, meuf, c'est pas un technicien Orange ! Tu veux te le faire !

— Mais tu veux que je dise quoi ?

— Que t'avais envie de te le faire.

— T'es malade ! J'avais pas du tout envie, en plus. Pas ce soir. Et si je lui envoyais juste un smiley qui sourit ? Ou un gif soleil, ou arc-en-ciel. Y'en a des cools.

Elle soupire.

— Passe ton téléphone.

— Non.

Elle le prend de force de mes mains.

— Qu'est-ce qu'il a ton écran ?

— Faut que je le fasse réparer.

— Merde ! elle crie.

— Quoi ?

— Putain, j'ai envoyé un gif.

— Mais quoi ? Montre !

Elle tourne l'écran vers moi. C'est un nain qui chevauche un arc-en-ciel.

— Allison !

— C'est la faute de ton écran tout pété, là !

J'envoie vite « dsl, message parti tout seul, dors bien, à plus ! ».

Elle éclate de rire.

— Ça craint ! je dis… Je fais quoi ?

— Tu bouges plus. T'attends qu'il réponde. Moi, faut que j'y aille.

Elle se lève, prend la dernière part de pizza.

— J'ai un rencard Tinder.

— T'es sérieuse ? tu vas me laisser toute seule après ça ?

— Tu m'aimes quand même ?

— Pas sûre.

— Moi, je t'aime !

Elle court dans l'entrée, m'envoie un baiser et claque la porte.

Devant le miroir de Léonore, j'enlève mon jean, prends une photo de mes jambes pour voir ce que ça donne vu d'en haut, d'en bas, de côté. On dirait deux ballons de baudruche. Je vérifie mon téléphone, Adam n'a pas répondu, il ne voudra plus jamais me voir. Je cherche son profil Facebook. Il a 5342 amis. Un DJ a posté une vidéo sur son mur. « Ce clip a déjà cinq ans, merci Adam pour cette perle visuelle que tu as dessinée pour mon morceau. T'es un boss ! » 526 likes.

Je jette le téléphone au bout du lit. Demain, quand je me réveillerai, Adam aura répondu. Les branches du saule pleureur frottent sur la vitre, leurs ombres immenses dansent sur le plafond, j'ai l'impression qu'elles m'enveloppent. Quand Robin m'a quittée, pour m'endormir la nuit, j'imaginais qu'il me prenait dans ses bras, je sentais même son ventre contre mon dos, son sexe contre mes fesses, le matin, je sortais vite du lit pour oublier que j'avais dormi toute seule.

TING !

J'ai reçu un message !

Faites que ce soit Adam. Faites que ce soit lui, lui, lui.

Marionnaud. « Les meilleures promos du moment. Profitez-en pour faire le plein d'économies. 30 % de remise immédiatement ! »

MERCREDI

Le lendemain matin, quand j'entre dans la cuisine, Basile a dressé la table, grillé deux tartines et coupé une pomme dans une petite assiette. Il chantonne « café, café, café… café, café », tamise trois cuillères qu'il jette dans la cafetière à piston.

— Hello, Basilou !

— Je dois te dire quelque chose de primordial.

— Je t'écoute.

— Je ne veux plus que tu m'appelles Basilou. Je suis l'homme de cette maison.

Je m'assieds sur un tabouret, libère mes cheveux, croque un quartier de pomme.

— Je m'engage à ne plus jamais t'appeler Basilou.

— Tu t'engages solennellement ?

— Solennellement.

Je prends un carnet noir posé contre le grille-pain.

— C'est quoi ça ?

— Ce sont les croquis d'Adam. C'est un dessinateur exceptionnel.

— Tu lui as piqué son carnet ?

— Je lui ai emprunté pour observer sa technique de dessin. J'ai l'intention de lui rendre.

— Basile, t'abuses, il le cherchait partout hier soir !

Le nez dans son bol, Basile éclate du bout de la cuillère les bulles de cacao à la surface du lait.

— Je ne suis pas un malfrat.

— Je sais, allez, ne boude pas. Merci pour le petit déj', t'es le meilleur.

— Le meilleur quoi ? C'est un adjectif comparatif qui appelle un groupe nominal. Si je suis le meilleur de rien du tout, je ne veux pas être le meilleur…

— Le meilleur des enfants que je connaisse. Le plus inventif, le plus brillant, le plus érudit, le plus…

— Attentionné. C'est le mot que tu cherches.

Il me tend un verre de jus, la pulpe flotte à la surface.

— J'ai pressé une orange et un citron pour toi.

Je l'avale d'un trait, fais craquer un pépin sous ma dent.

— On y va ? Je veux une bonne place à la bibliothèque.

— Tu ne manges pas tes tartines ?

— J'ai mangé la pomme.

— Tu ne peux pas manger une pomme plus une tartine ?

— Ça ne se fait pas.

— Pourquoi ça ne se fait pas ? Quelqu'un te l'a dit ?

— Basile, tu me fatigues.

— Victoire, tu as un problème avec la notion de plaisir.

— Va t'habiller. Je vais débarrasser.

— Qu'est-ce que je dois mettre comme vêtements ?

— J'en sais rien.

Il traîne des pantoufles jusqu'à sa chambre.

— Il va faire froid ! je dis. Mets des vêtements chauds !

— Merci pour cette instruction !

Le pain c'est 135 calories pour cent grammes. Poubelle. Sous quatre feuilles de Sopalin.

Avant de prendre le carnet d'Adam, je frotte les mains sur mon jean.

If case of loss, please return to
Adam Lauvernier, Pizzeria Green Pizza, République
As a reward :
Une pinte de Karmeliet.

Dessinés au bic noir, des visages flottent sur toutes les pages. Et au milieu :

MOI ! Ma veste ! Ma frange ! Mes bottines !

S'il m'a dessinée, c'est qu'il m'aime un peu, non ? En même temps, il dessine tout le monde.

Mais moi, j'ai une double page ! Et sur la suivante, c'est Basile. Sa chapka sur les yeux, deux immenses ailes tombent de chaque côté de son corps, traînent par terre.

Le vrai Basile surgit devant moi. En doudoune violette et pantalon de ski.

— La combi de ski, c'est peut-être pas nécessaire…

— Tu m'as dit de mettre un vêtement chaud.

Place des Batignolles, sous le parapluie rouge « Direct Matin », Adam nous tourne le dos. Les gens parlent de papillons dans le ventre, mais c'est pas ça du tout. Des lézards griffus grignotent mes côtes. Je prends la main de Basile.

— J'ai pas trop de cernes ?

— Tu es toujours jolie.

Adam se retourne et... Ce n'est pas Adam, c'est un maigrichon au teint d'œuf au plat. Il nous tend le journal. Les lézards se tordent et glissent jusqu'à ma gorge.

— Passez une merveilleuse journée, dit le garçon en nous tendant le journal.

Basile l'arrache de ses mains, me le donne et répète, nasillard :

— Passez une merveilleuse journée...

— Basile, t'es grave. Ça ne se fait pas !

— Voler le travail d'un honnête dessinateur de bandes dessinées, ça ne se fait pas non plus !

— T'as raison.

C'est sûr, Adam a démissionné pour être sûr de ne plus jamais me voir. Il n'a même pas répondu à mon message. J'ouvre le journal.

— C'est quoi, mon signe ? je demande à Basile.

— Je ne sais pas, il dit en croisant les bras sur la poitrine.

— Bon ben, je choisis, alors...

— Non ! C'est Capricorne.

— Ca-pri-corne ! Vous êtes en compagnie d'un enfant pas toujours poli, mais très futé, et d'une sensibilité remarquable. Profitez-en !

Basile me regarde en coin avec un demi-sourire.

— Tu te moques de moi.

— Pas du tout. C'est exactement ce que je pense !

Après une journée à la bibliothèque, on étouffe en entrant dans l'amphithéâtre moite. Je cherche deux places dans les gradins. Les strapontins claquent, les étudiants s'échangent des thermos fumants, ouvrent des livres, zonent sur Facebook et YouTube. Un garçon en salopette distribue des tracts en criant quelque chose à propos de manifestation, d'indignation, de hausse des frais d'inscriptions.

— Je suis assourdi, dit Basile en me prenant la main.

— Ça va se calmer.

Je le pousse à côté d'un garçon au cou de héron, en plein solo de batterie avec deux stylos.

— Pouvez-vous arrêter, s'il vous plaît ? demande Basile.

— T'es pas un peu jeune pour la fac ?

— Quel est le sujet de ce cours ?

— *Les Fragments du discours amoureux*…

— De Roland Barthes, ajoute Basile en copiant le titre sur sa feuille.

Sur la rangée de devant, trois étudiants discutent :

— J'ai regardé le feuilleton sur la vie de Victor Hugo hier sur France 2.

— C'était bien ?

— Évidemment, non. Quoique… ça montre à quel point ce mec était un naze politique.

— Victor Hugo ? C'était un naze tout court !

— Tu exagères, il y a quelques bonnes lignes dans *L'Homme qui rit*…

Basile se tourne vers moi, scandalisé.

— Mais ils disent n'importe quoi ! Victor Hugo est un génie !

— Moins fort…

— Pourquoi tu ne le défends pas ?

— Ça ne sert à rien. Qu'est-ce que tu veux que je dise ?

— Que tu l'adores. Un jour, tu m'as dit que *Les Misérables* te faisaient pleurer.

— C'est pas un argument, Basilou.

À petits pas de vieillard, M. Vallade entre dans la salle, tapote le micro :

— Chers amis bonjour, aujourd'hui nous travaillerons sur le chapitre des *Fragments d'un discours amoureux* intitulé « L'Attente ».

Les voix se taisent, les téléphones tombent dans les trousses, les néons s'éteignent, le vidéoprojecteur s'allume. Une citation s'affiche sur le tableau blanc : *« Attente. Tumulte d'angoisse suscité par l'attente de l'être aimé, au gré de menus retards (rendez-vous, téléphones, lettres, retours)*[1]*. »*

— Très intéressant, dit Basile à voix haute. Je le savais déjà.

Je lui fais signe de la boucler, griffonne sur une feuille :

Si t'as un truc à dire, écris-le.

---

1. *Fragments d'un discours amoureux*, Roland Barthes, Éditions du Seuil, 1977, p. 47.

— Historiquement, expose le professeur, ce sont les femmes qui subissent l'absence. Elles attendent les hommes partis en mer, à la chasse ou à la guerre. Pensez aux tisseuses, aux femmes des héros, des guerriers et des princes, Pénélope, Phèdre, la Belle au bois dormant…

À l'écran défilent des tableaux, des photos, des mosaïques représentant des générations de femmes patientes et éplorées. Le crayon de Basile fuse sur sa feuille, il recopie les dates de naissance et de mort des peintres et des sculpteurs. Mon téléphone s'allume dans ma trousse, le lézard remue entre mes côtes. Adam !

Adam : Hey ! Désolé d'être parti si vite hier. J'ai pas retrouvé mon carnet. Ça va, vous ?

Sans réfléchir, je tape la réponse du bout de l'index.

Moi : Je l'ai. On est passés ce matin au stand Direct Matin, mais t'étais pas là.
Adam : Trop bien ! Je peux le récupérer ce soir ? On prend un verre ?

Je relis la phrase de Barthes. *Attente. Tumulte d'angoisse suscité par l'attente de l'être aimé, au gré de…* La porte de l'amphithéâtre s'ouvre en grinçant, Chloé passe la tête, adresse un sourire au prof qui lui fait signe d'entrer. Elle monte les gradins, me fait un petit signe, me sourit. Qu'est-ce qu'elle me veut ?

Basile écrit :

Qui est cette fille aux cheveux soyeux ?

Je réponds :

Ma rivale.

Rival, note Basile. *C'est celui qui veut la même chose que toi.*

En passant à côté de moi, elle se penche sur ma table, chuchote :

— Ça va ?

— Ben oui, pourquoi ?

— On a eu la réponse, pour Middlebury, je suis désolée, j'espère que tu…

Je me lève, mon strapontin claque. Les étudiants se tournent vers moi. Tous les bruits me parviennent comme derrière un mur, la voix du professeur, les protestations des étudiants quand je marche sur leurs sacs dans les escaliers, mes propres pas qui dévalent les marches, la porte de l'amphithéâtre qui grince derrière moi. Dans le couloir, mon index dérape sur l'écran cassé de mon portable, je relève mes mails.

Expéditeur : Cristelle Pointurier.
Objet : Middlebury College.

Chère Victoire,

Je dois à mon grand regret vous annoncer que je vous ai classée en seconde position pour l'échange avec Middlebury College.

Je m'engage cependant à vous réserver une place pour l'année prochaine.

Je vous fais signe en cas de désistement, bien sûr.

Bien cordialement,

C. Pointurier.

Assis entre deux cartons d'archives, Basile n'ose pas bouger. Il observe Victoire qui parle à Lilia, d'une voix si serrée dans sa gorge qu'il a l'impression qu'elle miaule.

— Elle devait se décider que dans deux semaines, s'appuyer sur l'ensemble des résultats. Putain ! Elle me déteste ou quoi ?

— N'en fais pas une affaire personnelle, dit Lilia en montrant les accords toltèques sur le mur.

Victoire arrache la feuille, une punaise atterrit aux pieds de Basile.

— Tu me fais chier avec ton Toltèque ! Faites toujours de votre mieux. À quoi ça sert de faire de son mieux ? Y' aura toujours une Chloé pour me passer devant.

— Ne m'engueule pas. J'y suis pour rien…

— Arrête ! Tu savais comment ça finirait. Et tu m'as laissée espérer comme une conne. Et moi je bosse à mort alors que tout est truqué, tous ceux qui réussissent sont pistonnés. C'est dégueulasse. Qu'est-ce que je vais faire ?

Lilia la regarde bouche bée. Un sanglot éclate dans la bouche de Victoire.

— Et me regarde pas comme ça ! J'ai rien dit de mal !

Elle sort du bureau. Basile la suit, il s'arrête face à Lilia, lui jette un regard furieux.

— C'est indigne !

Les bruits et les lumières de la ville tourbillonnent dans la tête de Basile comme des milliers de poissons qu'il n'arrive pas à attraper. Sans oser parler, il marche à côté de Victoire. Ils ont longé les quais, dépassé les quatre tours en verre de la Bibliothèque nationale, la Cité de la Mode qui ressemble à une énorme chenille géométrique vert fluo. Victoire bifurque sur un pont, s'arrête comme si elle venait de foncer dans une vitre.

— Qu'est-ce que je vais faire maintenant ?

Les coudes sur la rambarde, elle contemple la Seine noire qui clapote, le reflet de Notre-Dame de Paris. Basile s'agrippe à sa chapka. Il ne faut surtout pas qu'elle tombe à l'eau, les cordons risqueraient de s'emmêler dans les pattes des bébés canetons et de les noyer. Ou alors ils se coinceraient dans les hélices d'une péniche et causeraient un naufrage. Le 12 janvier 1910, quatre péniches chargées de matériaux ont sombré à quelques minutes d'intervalles, entre le pont des Saints-Pères et le Pont royal.

Il regarde la cathédrale, son échafaudage calciné, son toit détruit, sa flèche absente. Il frissonne.

— T’as froid ? dit Victoire en passant le bras autour de ses épaules.

Un vélo passe, les planches du pont claquent sous ses roues.

— Il faut que je t’avoue quelque chose, soupire Basile.

— T’es soulagé que je ne parte pas en Amérique ?

— Je sais, c’est indigne.

Victoire le serre contre elle.

Blottie dans le canapé, je ramène mes jambes contre moi. Basile agite un sachet de biscuits ronds et dorés.

— Tu veux une nonnette au miel ?

— Non merci.

— Je peux en prendre une ?

— Oui.

— Je peux en prendre quatre ?

— Oui.

La mère de Basile le laisse se servir dans les placards. La mienne les fermait à clé et m'appelait « Marie bouffe-bouffe ». Elle avait mis les gâteaux, les pots de confiture, les bonbons dans une boîte en plastique bleue rangée au dernier étage du placard. Je montais sur un tabouret, prenais très doucement la boîte. Maman avait posé un couteau à viande sur le couvercle pour s'assurer que je ne me serve pas.

Basile pose un plaid sur mes genoux.

— Il est tricoté en poil de bébé lama. Le bébé lama est épilé à vif tous les cent jours. Ma mère dit qu'il faut utiliser ce plaid pour que l'animal n'ait pas souffert pour rien. Tu ne parles pas, tu ne m'écoutes pas ? Tu veux regarder la télévision ?

Il attrape la télécommande, tombe sur la cérémonie des Molières.

— J'aime regarder les belles robes.

Blanche Gardin s'apprête à remettre le Molière du meilleur comédien dans un théâtre privé.

— On dirait une fée… soupire Basile.

L'écran se divise en quatre, les nominés apparaissent à l'écran.

— Oh putain ! J'avais oublié…

Dans la case en haut à gauche, c'est Robin Saule. Magnifique dans une salle magnifique remplie de gens magnifiques. Il va gagner et prononcer LE discours. Celui qu'il a récité mille fois devant son miroir, celui que je connais par cœur. « Merci à tous ceux qui n'ont pas cru en moi. Ça m'a donné la rage. Et merci à ma muse, Victoire… » C'était le début de notre histoire et c'était génial. Et ce soir, devant toute la France, il avait promis de me dire merci. Des heures et des nuits à lui faire réciter ses textes au milieu des affiches de Bergman, Tarantino et Cassavetes. Je le rassurais, tu es fait pour la gloire, mon amour, tu es doué, tu es beau, tu n'es pas un acteur, tu es un immense acteur.

Connard.

Blanche Gardin déchire l'enveloppe. Perds. Perds. Perds.

— Et le Molière du meilleur comédien dans un théâtre privé est attribué à Lucas Bacquet pour son rôle dans…

Je m'écrase dans les coussins du canapé, pousse un râle soulagé.

La caméra passe une seconde sur Robin qui crispe un sourire, le bras autour d'une Italienne au cou tatoué d'étoiles.

— Mais quel enfoiré…

— C'est impoli de garder ses lunettes de soleil en public, note Basile.

J'éteins la télévision.

— Et la fille, tu la trouves comment ?

— Les tatouages, c'est très vulgaire. Je vais te faire couler un bain pour te détendre un peu.

— Fais-moi plutôt couler une piscine.

Je gratte la plante de mes pieds sur les grains de sel au fond de la baignoire. La lumière du plafonnier danse dans la mousse, des millions de bulles crépitent entre mes doigts.

Basile demande derrière le rideau de perles :

— Tu te sens mieux ?

— Oui, ça va.

Si les bains chauds réglaient tous les problèmes, les gens passeraient leur temps dans l'eau. Mais l'angoisse enroule autour de moi ses tentacules de pieuvre, resserre son étreinte, m'étouffe. Pour me détendre, j'imagine que j'enfonce des couteaux dans mes cuisses, que je m'écorche les bras avec des poignards.

Basile ouvre le rideau, un peignoir dans les bras. Je plaque les mains sur mes seins.

— Je suis toute nue !

— C'est l'état naturel de l'être humain dans son bain.

— Sors, s'il te plaît.

— Tu as un corps harmonieux, si je peux me permettre.

— Merci, bonne nuit.

J'ai faim. Enroulée dans le peignoir de Léonore, je sors la casserole du frigo, m'assieds sur un tabouret haut.

J'avale une fourchette de coquillettes, envoie un message à Allison.

Moi : T'es où ?
Allison : La Java. Je revends des Doc Martens. Ça va ?
Moi : Bof. J'ai pas eu Middlebury.

Elle m'appelle, crie pour couvrir les bruits de fête.

— C'est quoi ce bordel ?

— J'en sais rien. Je sais pas ce qu'il s'est passé. J'ai foiré une version, la fille des relations internationales s'est décidée plus tôt que prévu. C'est Chloé qui a été prise.

— Tu dois pas te laisser faire !

— C'est comme ça, c'est tout.

— Tu te sens comment ?

— Paumée.

— Vois le bon côté des choses. T'as plus de boulot. Donc on peut se barrer en week-end.

— Quand ?

— Ce soir ! elle s'écrie.

— On est mercredi ! Tu veux aller où ?

— Où tu veux, on se casse ! Je paye tout. Y'a une jungle-party au bois de Vincennes. On dormira dans le camion !

— Je sais pas trop. J'ai Basile.

— Décide-toi, faut que je raccroche, j'ai plein de clients.

L'heure clignote en rouge sur le micro-ondes. Minuit 45. Je presse un tube de ketchup sur les pâtes froides, avale une bouchée sans mâcher, une deuxième, encore une. La casserole se vide, mon cerveau aussi. Je prends une pomme, la croque, le jus dégouline sur mes doigts, je mange le trognon, les pépins, crache la queue dans l'évier. Le sachet de nonnettes au miel brille sur le plan de travail, son papier jaune et transparent crisse entre mes doigts. J'en avale une. J'en avale deux. J'en avale trois, ouvre un deuxième sachet, un troisième. La pâte sucrée remplit ma bouche, colle aux dents, je lèche les miettes sur le papier.

Et maintenant, Victoire ?

Je connais tous les articles, tous les sites internet. Se faire vomir ne fait pas maigrir. L'acidité brûle le ventre, la gorge, les dents, et gerce la bouche. Vous risquez un cancer de l'œsophage. Déculpabilisez-vous, buvez beaucoup d'eau, vous mangerez léger demain. Ne vous faites pas vomir.

À genoux sur le carrelage glacé des toilettes, je bois la dernière goutte du grand verre que je pose à côté de la cuvette et je me relève. Ma gorge brûle. *« Les éclaboussures de vomi et l'odeur peuvent inquiéter vos proches. »* Je tire la chasse d'eau six fois, passe une éponge de javel. Vaporise un jet « Air Wick Senteur balade en forêt ».

« Attendez avant de vous brosser les dents, l'acidité de la bile abîme l'émail. »

Dans la cuisine, la lampe frontale de Basile m'éblouit.

— Qu'est-ce qu'il s'est passé ici ?

Il braque le faisceau sur la casserole renversée, les traces de ketchup sur la table, les pâtes et les sachets de nonnettes qui jonchent le sol.

— Ce matin tu refusais des tartines et maintenant tu manges seize nonnettes au miel et des pâtes au ketchup. C'est absurde !

Il se gratte les joues, le menton, s'écorche la bouche, me regarde comme s'il ne me reconnaissait pas.

— Tu me fais peur.

— J'ai juste eu une petite faim. Je vais faire la vaisselle.

J'essaie de garder une voix calme mais je couine.

— Arrête de te gratter, Basile, va te coucher.

— Tout est déréglé !

Il a des larmes plein les yeux. Je me déteste.

— Pleure pas. Tu veux que je te mette un peu de crème sur le menton avant de dormir ?

— Non merci.

Il ferme la porte de sa chambre. Je l'entends dire « Après-demain, tout rentrera dans l'ordre ».

Dans le lit de Léonore, je n'arrive pas à dormir, le drap est rêche, l'élastique de ma culotte me serre le ventre. Je voudrais que quelqu'un m'enferme dans une camisole et me sangle pour m'empêcher de bouger, de respirer. J'enfonce ma jambe entre les deux matelas du lit. Je passe ma langue dans ma bouche, sur le trou laissé par la molaire que le dentiste a dévitalisée, puis arrachée parce qu'elle était trop cariée. C'était en terminale. Dans la voiture du retour papa m'a dit : « Le dentiste est complètement dingue. Il m'a demandé si tu te faisais vomir. Il s'est cru dans "Ça se discute" ou quoi ? »

Basile pousse la porte, son oreiller sous le bras, sa lampe frontale allumée.

— Si tu as un problème, je peux dormir avec toi.

Je lui fais une place, il se glisse sous la couette, pose la main sur mon front.

— Tu es sûre que tu n'es pas malade ? Tu as de la fièvre. Tu veux un doliprane ?

Sa main tiède m'apaise, mais les enfants n'ont pas à consoler les adultes. Je l'enlève doucement.

— Ne t'inquiète pas pour moi, d'accord ?

— C'est à cause de Robin et de ton école américaine ?

— Je te jure que je vais bien.

Il se colle au bord du matelas.

— Je resterai bien de ce côté du lit.

— T'as intérêt.

Un volet claque dans la cour. J'entends Basile chuchoter des phrases que je ne comprends pas, on dirait qu'il prie. Je retiens mon souffle pour mieux l'entendre. « *Moi, je joue du piano disait l'un, moi je joue du violon disait l'autre, moi de la harpe, moi du banjo…* »

— C'est Prévert ? je murmure.

— Ce poème s'intitule « L'Orgue de Barbarie ».

Il se retourne et continue. « *– Moi je joue de l'orgue de Barbarie et je joue du couteau aussi dit l'homme qui jusqu'ici n'avait absolument rien dit et puis il s'avança le couteau à la main et il tua tous les musiciens.* »

Il marque une pause, frissonne.

— Basilou, je murmure, ça te dirait de partir en week-end ?

Rue du Faubourg du Temple, une longue file de gothiques patiente devant le club La Java. Les basses font trembler le trottoir. Basile se cramponne à moi. On marche jusqu'au vigile qui porte un bonnet roulé au-dessus des oreilles.

— Victoire Monet. Je suis sur la liste.

— Vous ne pouvez pas entrer avec un enfant.

— Ma meilleure amie travaille ici. Il faut que je la voie, et vite.

— C'est qui, ta meilleure amie ?

— Allison.

C'est comme si j'avais dit : « Sésame ouvre-toi. » Il décroche le cordon de sécurité.

— Là-bas, avec les fumeurs.

Basile resserre ses doigts autour de mon poignet.

— Et pour lui ? je dis.
— Emmenez-le, tant qu'il rentre pas dans la boîte…

Dans un coin de la cour, un petit commerce s'est formé autour d'Allison. Un type au T-shirt « Agoraphobic Nosebleed » embrasse un petit chauve couvert de piercings. Allison brandit une boîte à chaussures jaune et noire Doc Martens.
— Les paillettes en 39 !
Le type en T-shirt s'en empare.
— C'est combien ? il demande.
— 50 euros. Dans le commerce elles sont à 150.
— C'est des vraies ?
— Vérifie sous la semelle.
Il tend trois billets qu'Allison empoche.
— Client suivant ! Il me reste plus qu'une paire, celle avec le drapeau anglais en 42…
— Allison !
J'ai crié si fort que tout le monde se retourne.
— Ooooh ! Chaton ! OK tout le monde, je ferme la boutique !
Elle me sourit, fière, tapote son sac banane gonflé de billets :
— J'ai tout vendu ! Alors ça y est, t'es décidée ? Direction Vincennes ?
— J'ai une meilleure idée.
Ses yeux tombent sur Basile.
— Oh putain…
— J'ai pas eu le choix.
— J'ai besoin d'un verre. Suivez-moi.

Je prends une paire de boules Quies dans une petite corbeille sur le comptoir du vestiaire, les donne à Basile qui les enfonce dans ses oreilles. Dans le club, une version électro de *Great Balls of Fire* déchaîne la foule, hypnotisée par le show travesti : un homme en robe lamée fait tourner un cerceau autour de ses hanches. Allison passe au bar, commande deux caïpirinhas, un coca pour Basile et nous entraîne dans les coulisses, une pièce exiguë aux murs gris. Assise sur une table basse, une fille en soutien-gorge se tatoue un crucifix sur le poignet. On se laisse tomber dans un canapé rouge défoncé. Basile se colle contre moi, mâchonne sa paille en papier, regarde Allison qui pioche la tranche de citron au fond de son verre.

— Où ça, en Normandie ?

— À Omonville-la-Petite. Visiter la maison de Prévert, c'est son rêve.

— T'es gentille, mais pour une fois qu'on part en week-end, on va pas s'occuper d'un gosse de neuf ans.

Elle regarde Basile, ratatiné entre les coussins.

— Désolée, mais non.

— S'il te plaît, Allison. Il est tout seul. Et c'est très beau, la Normandie.

Basile enfonce l'ongle de son pouce dans ma peau. Du bout des dents, Allison déchiquette la chair de sa rondelle de citron.

— C'est n'importe quoi.

— Justement. Moi, je t'ai toujours suivie dans tous tes n'importe quoi. Souviens-toi de Candeloro.

— Ah non ! Pas Candeloro !

— Le grand patineur artistique vice-champion du monde en 1994 ? demande Basile.

— Allison était amoureuse de lui.

— Un homme admirable. Il a inventé une série de sauts pieds joints en avant et une pirouette sur les genoux qui porte son nom.

— Et Allison a son poster géant dédicacé.

Basile écarquille les yeux.

— Comment as-tu fait ?

Elle soupire.

— Candeloro était venu rencontrer ses fans à la Fnac de Juvisy et Victoire a volé le poster pour moi.

— Et j'ai fini en garde à vue. Allez, s'il te plaît, Alli, emmène-nous en Normandie. Je ferai tout ce que tu voudras.

— Tu me prêteras ton sweat rose ?

C'est un vieux GAP de ma mère qu'Allison adore.

— Je te le donne.

— Tu essaieras le LSD avec moi ?

— Si tu veux.

— Et la jungle-party au bois de Vincennes ? J'avais même acheté un costume de flamant rose !

Allison a parlé à l'imparfait, c'est gagné. Je souris, la paille de ma caïpirinha entre les dents.

— J'ai pas dit oui ! C'est à combien d'heures de route ? T'as même pas le permis !

Je cherche l'itinéraire sur mon téléphone, lui montre.

— J'y crois pas. Je vais me taper cinq heures de bagnole…

— Candeloro !

JEUDI

Je crois que j'aime les aires d'autoroute plus que tout autre endroit au monde. Peu importe où elles se trouvent, pourvu qu'elles soient ouvertes 24/24, que le carrelage brille sous les néons. Celle de Vironvay semble avoir été jetée au lance-pierre au milieu de la nuit. Dans la cafétéria, France Bleu Normandie claironne 4 heures du matin, annonce une belle journée d'été, et une vente de charité pour la sauvegarde des baudets. Une dame s'énerve à la caisse, son chihuahua sous le bras.

— Puisque je vous dis que je l'ai, le sans-contact !

La machine à café affiche « boisson prête », je saisis mon gobelet et la première gorgée me brûle les lèvres. Les lacets défaits de Basile traînent sur le carrelage, il tire sur son T-shirt Jurassic Park.

— Tu veux un chocolat chaud ?

Avec un soupir dépité, il se hisse sur le tabouret, enfouit la tête dans les bras.

— Basile, je te jure que l'âme de Prévert ne se rendra pas compte que tu es en pyjama.

— Qu'est-ce que tu en sais ?

— Sois raisonnable. On était déjà sur le périph, on n'allait pas faire demi-tour.

Allison sort des toilettes, s'essuie les mains sur son jean. En passant devant le reflet d'un frigo, elle file droit, sans se regarder. Elle porte une veste argentée, doublée en peau de mouton. Le genre de veste que je n'oserais jamais porter. C'est elle qui a raison. On croit toujours que tout le monde nous observe et nous juge, mais c'est faux. Les gens sont trop occupés à se demander à quoi ils ressemblent eux-mêmes. Une fois qu'on a compris ça, on va mieux. Moi je l'ai compris, mais j'oublie tout le temps.

— Qué pasa ? dit Allison en tapotant la chapka de Basile.

— Il voulait mettre une chemise pour visiter la maison de Prévert.

— Et une cravate, grogne Basile sans relever la tête.

Du bout des doigts, Allison extirpe deux euros de la poche de son jean, les glisse dans la machine à café.

— C'est du genre à juger sur les apparences, Prévert ?

— Il est mort, soupire Basile.

— Mais il serait vexé qu'on le prenne pour un homme superficiel, je dis.

— C'est clair, c'était un poète. C'est l'âme qui l'intéresse.

Basile nous regarde par-dessus son bras.

— Vous le pensez vraiment ?

— Quand je dis quelque chose, en général, je le pense, répond Allison, les dents sur le bord de son gobelet.

— Contrairement à Victoire, note Basile.

— Merci beaucoup.

— Il n'a pas tort.

La dame au chihuahua aboie en direction du caissier.

— J'en ai marre ! Ça ne marche jamais ce truc !

Elle enfonce sa carte dans la machine, tape son code en écrasant les touches, repart avec son chien à moitié asphyxié sous le bras.

— Belle journée sur l'A13, soupire le caissier en resserrant l'élastique de sa queue de cheval.

Il ramasse un lapin bleu qui gît sur le carrelage, l'accroche par les oreilles au tourniquet des peluches.

— Trop beau ce mec, murmure Allison. On dirait…

— Philippe Candeloro, dit Basile.

— *Exactly*…

De son sac, elle sort un livre à la couverture rouge, *Le Corps des femmes*. Allison ne lit que des biographies de stars des années 80 et des essais féministes. Elle arrache le coin d'une page qu'elle plie en un petit carré blanc.

— Que fais-tu ? dit Basile.

— *Watch and learn !*

Elle roule les épaules en arrière, tend le cou. Le dos droit, elle marche en posant un pied devant l'autre, sur un fil, avance jusqu'à la caisse. « Comme une guerrière. »

C'est sa mère qui lui a appris. Quand les choses ont dégénéré à la maison, je passais la plupart de mes week-ends chez Allison. Le soir du bal des terminales, sa mère m'avait prêté un débardeur blanc, une chemise d'homme et un jean taille haute qu'elle avait retroussé et serré à la ceinture. Elle nous avait verni les ongles en bleu à paillettes, nous avait fait à toutes les deux des tresses africaines serrées sur le crâne et nous avait maquillées avec de la « poudre de riz ». En me tapotant le front et les joues avec un gros pinceau, elle plissait les yeux et disait : « ton mignon petit nez », caressait mes pommettes : « ne cachons pas tes jolies taches de rousseur ». J'avais retenu mon souffle, comme un vase de cristal qui exploserait en mille éclats de verre si je bougeais d'un millimètre. Allison avait lancé la chanson *Stronger*, de Britney Spears, sa mère avait déroulé un fil de laine sur le parquet du salon et lancé : « Vous êtes les plus belles filles du monde, les plus intelligentes, et vous êtes des guerrières. Le cou bien droit, déroulez les épaules, marchez sur le fil, un pied devant l'autre. » Elle avait dit aussi : « Leçon numéro 1 : quand on vous dit que vous êtes jolies, ne répondez pas "Merci" mais "Je sais". »

Le lendemain matin, j'avais défait mes tresses et mes cheveux gaufraient sur mes épaules. Quand je suis rentrée à la maison, Maman a dit : « T'es jolie, comme ça. » J'ai répondu : « Je sais. » Elle m'a fait copier trois cents fois : Modestie : « Modération, retenue dans l'appréciation de soi-même, de ses qualités. »

D'un geste négligent, Allison pose sa carte bleue sur la machine.

— Le sans-contact ne fonctionne pas, soupire Candeloro.

— Pas grave, dit-elle en lui tendant son numéro. Je préfère le contact.

Il pique un fard, bégaie, gratte ses cheveux sous sa casquette. J'en profite pour visiter le rayon épicerie, fourre deux sandwichs dans les manches de ma veste, un paquet de chips sous mon pull, des cookies dans la ceinture de mon jean.

Je reviens m'asseoir avec Basile, les emballages craquent et crissent sur ma peau. J'avance comme un robot. J'espère que ma récolte ne sera pas retirée de la paye de Candeloro.

Allison traverse la cafétéria en se déhanchant sur le fil de laine. Candeloro a planté son regard dans son dos.

— C'est un surfeur, elle dit en s'accoudant à la table. Et vous devinerez jamais comment il s'appelle…

Elle claque des doigts, fait un tour sur elle-même. On la regarde, la bouche en rond de lasso.

— … Philippe !

Sur le parking, le macadam mouillé reflète l'enseigne rouge CAFÉTÉRIA, les lumières des pompes à essence et les phares des camions stationnés. Basile me prend la main, j'ai l'impression de tenir un petit moineau bouillant au creux de ma paume.

— Tu peux t'asseoir à l'arrière avec moi, s'il te plaît ? il dit.

Il boucle sa ceinture, je m'assieds à côté de lui, secoue les manches de ma veste et les sandwichs dégringolent, avec les biscuits, chips, compotes et chocolat. Je souris à mon butin. Arsène Lupin, c'est moi.

Allison se glisse derrière le volant, claque la portière, jette un cahier neuf sur les genoux de Basile.

— C'est pour toi. Un carnet de voyage.

— Je te rembourserai au centime près.

— C'est un cadeau. Et t'inquiète, on a tout piqué.

Il lâche le cahier.

— Vous avez volé cette boutique ?

— On a dérobé à la grande distribution, je dis. C'est pas du tout pareil.

— Ma mère dit que le vol est un crime indigne.

Allison lève les yeux au ciel.

— Les produits bio sont dix fois plus chers que les autres, tu trouves ça digne ?

Il réfléchit une seconde, pose le cahier à plat sur ses genoux, tourne une page et écrit en lettres capitales : JOURNAL DE BORD. Allison a vraiment le truc pour le calmer.

— Tiens, tiens, regardez qui rapplique, elle dit en pointant le pare-brise.

Dans le halo des phares Candeloro court vers nous, sa casquette à la main. Allison baisse la vitre.

— Vous allez où ? il demande, le souffle court et les joues cramoisies.

— Omonville-la-Petite, sourit Allison.

— Nous ne prenons plus de passagers ! dit Basile. Nous sommes trop à l'étroit avec tout ce que les filles ont dérobé à la grande distribution.

Dans un éclat de rire, Allison lève les mains à plat.

— On se rend !

— T'inquiète, dit Candeloro. Je m'en fous, en plus les patrons sont des cons. Ça vous dit de me rejoindre à la plage en fin de journée ? Je vais dans un super spot de surf avec mes copains.

Allison pose la main sur la sienne.

— Appelle-moi ! On te rejoindra.

Sa voix n'a pas monté d'une octave, elle lui parle comme s'ils se connaissaient depuis le CP. Elle remonte la vitre, démarre. Il la regarde s'éloigner, les bras ballants.

— Il est vraiment trop mignon, elle dit en accélérant.

— Mignon ? je grimace.

— Prends pas cet air dégoûté, c'est pas un gros mot…

— C'est cucul. Je déteste.

— Faut te faire soigner.

— Tu es malade ? s'enquiert Basile.

Allison ouvre la fenêtre. Un vent glacial s'engouffre dans la voiture.

— J'ai froid ! s'écrie Basile. Victoire, j'ai froid, j'ai froid, j'ai froid.

Il se blottit contre moi et s'agrippe à mon bras. Son pull tiède sent la lessive. Je lui enserre les épaules. Il s'affaisse et soupire.

— Tu es ma sœur…

— Quoi ?

— Tu es ma sœur, tu es ma mère, tu es mon père, tu es ma meilleure amie, tu es toute ma famille.

Allison lance notre compile, toujours coincée dans l'autoradio, quelques notes de synthé, trois coups de batterie.

— Celle-là, je la kiffe !

Elle braille en tapant sur le volant :

« Le Pacifique est pour moi, comme tes états d'âme Éric. Je les visite un par un, Éric, comme les États d'Amérique… »

J'observe les phares des voitures, rouges, blancs, rouges, blancs. Je roule un pull contre la vitre comme un coussin, ferme les yeux. Je voudrais qu'on soit dans un film et qu'on roule tout droit, avec des chansons dont je connais les paroles par cœur, et la tête de Basile, toute chaude et tranquille sur mes genoux. Mes doigts jouent dans ses cheveux. Paris s'éloigne, Robin et Middlebury deviennent tout petits, je n'ai pas envie d'arriver à Omonville.

On a arrêté de parler, on a arrêté de rire, je regarde le soleil se lever par la fenêtre. Le lin bleu électrique ondoie sous le vent, on dirait qu'un boa géant et invisible se balade dans les champs. Allison ouvre un sachet de chips aux légumes, en croque une et me le passe.

— T'en veux ?

— Non merci.

Mon téléphone vibre, Basile se penche, le ramasse et déchiffre.

— Nouveau sms ! C'est ma mère ! Elle dit : « Hello, c'est Léonore. J'ai oublié mon téléphone à la maison. Tu récupères bien Basile ce soir ? Retour du bus vers 18 heures. Tu peux m'appeler à ce numéro. » Ma mère m'a écrit ! Ma mère est vivante !

Ma mère vit ! Et voilà un autre message ! « Et demain matin, lever 7 h 30, il a cours à 8 h 30. Appelez-moi dans tous les cas ce soir. Bises. »

— Attends, dit Allison. Elle sait pas qu'on est partis en Normandie ?

— J'ai pas réussi à la joindre.

Elle fait une embardée, arrête la voiture sur le bas-côté.

— Victoire, t'as emmené Basile sans prévenir sa mère ?

— T'énerve pas, je dis.

Elle sort de la voiture, claque la portière et donne un coup de pied dans une croix à la mémoire d'un disparu de la route. Un bouquet de fleurs séchées tombe à ses pieds.

J'enjambe le fossé, mes bottines s'enfoncent dans la boue avec un bruit de ventouse. Le soleil levant se reflète sur la veste argentée d'Allison, enflamme ses boucles rousses. Elle tape sur son téléphone comme si elle voulait le perforer. Je sais ce qu'elle est en train de faire. Elle calcule l'itinéraire pour rentrer à Paris, vérifie que le périphérique n'est pas trop embouteillé. Elle va nous abandonner dans le fossé.

— Désolée, je dis.

Elle fait volte-face, un poignard dans chaque œil.

— Désolée de quoi ? D'embarquer un gamin de neuf ans sans prévenir sa mère ? Ou de lui faire sécher l'école sans le dire à personne ?

— Mais j'ai pas réussi à la prévenir ! Elle s'en fout de lui, sa mère !

— Qu'est-ce que t'en sais ? Ça s'appelle un enlèvement d'enfant.

— Arrête, tu débloques là !

— C'est toi qui débloques ! Si son collège panique et prévient les flics, par exemple. Tu me fous dans la merde ! Imagine que les flics fouillent dans mon business… je fais tout au black !

— Écoute, je comprends que tu sois fâchée, rentre à Paris, on fera du stop.

— C'est ça que tu veux ? Que je me casse ?

— Non, mais…

— Rappelle sa mère. Maintenant.

La voix de Léonore me parvient à demi étouffée, comme si elle parlait derrière sa main. Elle m'explique qu'elle est en pleine urgence technique, un problème avec le fauteuil du barbier de Séville qui ne tourne pas, qu'il faut qu'elle règle ça dans les trente minutes. Vite, je lui explique le départ du bus, la prof qui n'a rien voulu entendre, les trois jours avec Basile.

— Je vais prendre rendez-vous avec sa prof. C'est inadmissible. Vous êtes où, là ? elle demande.

Je jette un œil à Basile dans la voiture, il a plaqué une feuille blanche sur la vitre et dessine à la lumière du soleil.

— À Paris.

Allison m'arrache le portable, plaque la main sur le micro.

— T'es malade ? Dis-lui la vérité, meuf !

Je prends le téléphone.

— On est en Normandie. Partis visiter la maison de Prévert.

— Pardon ? Mais comment ?

— En voiture, ma cousine a le permis.

— T'es folle ? Comment tu as pu prendre une décision pareille sans me demander ?

— Vous étiez injoignable.

— Je la connais même pas, ta cousine… Attends.

Elle marque une pause, crie.

— Une seconde, merde ! J'arrive ! Bon, Victoire. Tu rentres à Paris tout de suite. Passe-moi Basile, s'il te plaît.

Allison soupire.

— T'as déconné, ma vieille.

Je cours jusqu'à la voiture, frappe contre la vitre, Basile ouvre la portière.

— J'ai dessiné une vache cauchoise !

— C'est ta maman au téléphone.

Les yeux écarquillés, il murmure « ma mère », frappe quelques coups sur sa poitrine et se racle la gorge. Prend un air réjoui.

— Bonjour maman ! Comment se passe ta pièce exceptionnelle ?

Assise sur la barrière de sécurité, Allison me regarde d'un air halluciné.

— Ce que je pense, c'est que ça t'arrangeait bien, de pas réussir à la joindre. T'avais envie de t'occuper de Basile. T'es en plein trip d'identification projective.

— Commence pas. C'est pas parce que t'as fait trois ans de psycho que…

— Et c'est pas parce que ta mère est barge que toutes les mères le sont !

C'est la première fois qu'Allison critique ma mère. Je sais qu'elle a raison, mais j'ai envie de la gifler et de lui faire mal.

— Ça n'a rien à voir. Elle était pas barge.

J'avale la pelote d'épingles qui roule dans ma gorge.

— Elle était malade, et triste, elle a fait ce qu'elle a pu.

— Dépressive, ça se soigne, et c'est pas une raison pour terroriser sa fille.

— Elle me terrorisait pas.

— Elle t'a enfermée dans la cave pendant deux heures, juste parce que tu lui avais emprunté son vernis à ongles.

— C'est arrivé une seule fois. Et j'avais renversé le flacon entier sur la moquette toute neuve. On n'a jamais réussi à l'enlever, la tache.

— Victoire, tu t'entends ? La cave ! On n'enferme pas ses enfants à la cave. Quand j'ai raconté ça à ma mère, elle n'a plus jamais voulu que je vienne chez toi.

— C'est pour ça ?

— Dans les caves, on met les rats, les toiles d'araignée, les décos de Noël et les vieux tabourets qu'on n'utilise jamais. Pas les enfants ! Elle te terrorisait et elle te culpabilisait. Et t'es habituée à ça. C'est pour ça que tu laisses les gens s'asseoir sur toi comme sur un vieux tabouret, que tu passes ton temps à t'excuser. T'es pas un tabouret ! T'as vingt-deux ans, grandis, fais-toi respecter. Et arrête de te raconter des histoires. Basile, c'est pas toi. Il a une mère normale. Débordée. Qui s'inquiète !

— T'es pas obligée de m'agresser.

Allison me prend le bras.

— Je t'agresse parce que je t'aime. Et aimer quelqu'un, c'est pas jeter son regard comme une balayette, c'est gratter, récurer comme une sale maniaque.

Je déglutis. Du bout du pied, je redresse la croix du disparu, il s'appelle Henri, une petite photo plastifiée et gondolée en noir et blanc le montre, les cheveux en brosse, la vingtaine, le sourire éclatant.

J'essuie mes yeux et mon nez dans la manche de ma veste, renifle.

— Moi aussi, je t'aime, je dis dans une bulle.

Un long coup de klaxon retentit, suivi de la voix de Basile :

— Ma mère veut te parler !

Allison jette un œil à son téléphone, envoie un sms, ramasse le bouquet de fleurs séchées et le rattache à la croix.

Basile m'ouvre la portière et me tend le téléphone.

— Maman est d'accord pour notre périple !

Je prends Léonore au bout du fil.

— Je suis désolée, je dis. C'est ma faute si on a loupé le bus du départ.

— Non. Sa prof est une conne, au moment des inscriptions au voyage, elle a essayé de me convaincre de ne pas l'inscrire. En revanche, franchement Victoire, l'emmener à des heures de Paris sans me le dire, c'est du délire.

— Pardon, c'est juste que c'est son rêve, et je…

— Écoute, j'suis débordée, là. Je peux pas rester au téléphone. Maintenant que vous y êtes… Basile m'a dit qu'il passait les plus belles heures de sa vie, je vais pas le décevoir encore plus. On va parler de tout ça à mon retour. C'est une bonne voiture, au moins ?

— Oui, c'est un super 4 × 4. Une Audi toute neuve.

Allison lève les yeux au ciel.

— Dis à ta cousine de rouler prudemment. On parle de tout ça demain. Et attends, où est-ce que vous allez dormir ?

— On sait pas trop. On allait regarder les Airbnb.

— Mais enfin, Victoire ! Tu déraillES… Bon. Prends un bon hôtel. Je te rembourse.

— OK.

— À demain. Et envoyez-moi des messages pour me dire où vous en êtes.

Elle raccroche. Un énorme camion nous dépasse en klaxonnant.

— Il faut que nous partions, dit Basile. L'espérance de vie d'un être humain sur la bande d'arrêt d'urgence est de cinq minutes.

— Allez go, dit Allison.

— Tu vas où ?

Elle range son portable dans sa poche.

— T'as vraiment cru que j'allais vous planter là tous les deux au milieu des champs avec les vaches ?

— Mais tu faisais quoi, sur ton téléphone ?

Elle me montre l'écran, je reconnais le logo orange leboncoin.fr.

— J'achète un stock de pommeaux de douches. Ça me détend.

Journal de bord de Basile Cavrois
Normandie, en terrasse d'un café, le 11 juin 7 h 33.

J'ai enfin parlé à ma mère. Elle se fiche de la tache sur le cachemire et elle avait une voix très claire. Sa pièce est un succès. Je lui ai expliqué que je réalisais enfin mon rêve et qu'Allison et Victoire prennent bien soin de moi. J'ai préféré ne pas lui parler du vol de provisions. Ne pas dire les choses, est-ce mentir ? Toujours est-il que ma mère a accepté ce voyage. Je suis l'homme de cette aventure. Allison mange un millefeuille. Victoire ne mange rien du tout.

Basile dessine la place du village, le clocher de l'église, la devanture du café, une table, deux tasses, un verre de jus d'orange, un triangle de soleil sur la main d'Allison, la boîte en carton de la pâtisserie « Colette & Aimée », un croissant aux amandes, un millefeuille. Il écrit et je lis à l'envers.

— C'est joli ce que tu fais, Basilou, je dis.
— J'ai pour ambition de devenir dessinateur comme Adam. Ça lui réussit. Il a l'air très épanoui.

— T'as des nouvelles d'ailleurs ? demande Allison.

— Aucune. Et franchement, ça m'est égal.

Basile taille son crayon.

— Ça ne t'est pas égal du tout, il dit en détachant chaque syllabe. Et tu mens encore.

Allison lèche son index couvert de sucre glace.

— Il a raison. Et s'il t'avait envoyé un sms, tu aurais prétendu qu'il était mou et chiant. Fais voir une photo de lui. C'est quoi son nom ? Je vais regarder sur Facebook.

— Lauvernier.

Elle détaille le profil.

— Méga sex'.

Elle me met sous le nez une photo en noir et blanc. Les cheveux d'Adam occupent la moitié du cadre, il sourit en coin. Sur son mur, il a posté « Résidence validée ! Départ le 15 juin ».

Il a déjà 732 likes.

— C'est quoi, ça ? je panique.

Je clique sur le lien. C'est le site d'une villa au milieu des vignes en Italie. *Programme de bourse et de résidence d'artistes. Prochaine session : du 16 juin au 30 octobre 2020.*

Mes poumons se réduisent en gravillons.

— Qu'est-ce qu'il y a ? dit Allison, la bouche pleine de crème.

— Il part quatre mois en résidence d'artistes, en Italie.

— Fais pas cette tête. Quatre mois, c'est rien. T'iras le voir !

— De toute façon, ça m'est égal.

Basile ajoute un petit trait à une colonne dans la marge.

— C'est quoi ? je dis.

— Toutes les fois où tu mens. Ça ne t'est pas égal du tout.

Je me lève, ma chaise racle sur les pavés.

— On va visiter l'église en attendant que l'office de tourisme ouvre ?

— La flemme, soupire Allison.

Basile plonge la tête dans ses bras.

— J'ai la tête pleine de sommeil.

Notre-Dame-de-la-Mer… C'est comme si je m'engouffrais dans une lanterne magique.

Des maquettes de bateaux balancent au plafond, des mosaïques représentant des scènes de la Bible et de l'Apocalypse pavent le sol. Il n'y a pas un seul espace vide ni aux murs ni au plafond ni dans l'air glacé, chargé des poussières qui dansent dans la lumière des vitraux. Un touriste en short sous un imperméable jaune mitraille sainte Rita dans une niche. J'effleure l'eau du bénitier, me signe et me faufile dans une chapelle dorée. Assise sur un banc, une jeune religieuse note des mots dans la marge de son missel. Je m'assieds à l'extrémité du banc, le vernis du bois colle sous mon jean.

Quand j'étais petite, ma grand-mère m'emmenait à la messe. Avec elle, je me sentais toujours en sécurité, même quand elle brûlait les stops en disant

« Seigneur, protégez-moi ». Le moment que je préférais, c'était dans les dernières minutes, quand le prêtre nous demandait de serrer la main de nos voisins en disant « La Paix du Christ ». J'avais l'impression qu'on s'aimait tous. Non, je mens. Que tout le monde m'aimait.

Notre père qui es aux cieux, que ton nom soit sanctifié,
que ton règne vienne,
que ta volonté soit faite
sur la Terre comme au ciel.
Donne-nous aujourd'hui notre...

Non. Ça ne m'est pas égal. Pas égal du tout. Je voudrais qu'Adam m'ait envoyé un message. Je voudrais qu'il me demande comment se passe mon week-end.

— C'est quoi mon problème ?

J'ai parlé à voix haute.

La religieuse s'arrête d'écrire. Un pli léger enfonce le coin de sa bouche, un début de sourire.

— Désolée, je murmure.

— Vous n'arrivez pas à prier ?

— J'ai trop de choses dans la tête.

— Cela m'arrive souvent.

— Pourtant prier, c'est votre métier.

En trois coups de hanche, la sœur glisse sur le banc, montre son missel ouvert. Dans la marge de l'Évangile elle a noté : « spaghettis, courgettes, encornets, sel rose... »

— Là, par exemple, je pense à mes spaghettis à l'encre de seiche.

— Et Dieu, ça le dérange pas ?

— Je Lui confie ma liste de courses. Il me connaît, nous vivons ensemble depuis quinze ans.

— Vous y croyez tout le temps ?

— Je doute souvent. Et c'est là que le véritable amour commence.

Je hoche la tête en silence, j'ai envie qu'elle continue à me parler.

— Les gens ne savent plus cela, ils abandonnent trop vite, ils se quittent pour une barbe mal taillée, une tache sur une chemise, parce que l'autre mange l'œuf par le gros bout au lieu du petit bout… Vous avez déjà été amoureuse ?

Je hoche la tête, les lèvres serrées.

— Très amoureuse, ça m'a pas réussi.

Pourquoi j'ai envie de lui raconter toute ma vie tout à coup ?

Elle marque une pause, on entend le cliquètement de l'appareil photo du touriste en short.

— Vous connaissez cette parole de Jésus, « quand on te frappe la joue droite, tends la joue gauche » ?

— J'ai toujours trouvé ça super lâche.

— Ou sadomaso…

Sadomaso. C'est un peu bizarre d'entendre ça dans la bouche d'une sœur.

— Regardez les choses autrement. Il ne s'agit pas d'accepter les sales coups, mais d'être patient, d'y croire. Si on vous frappe la joue gauche, tendez la joue droite, essayez encore une fois, parce que peut-être que cette fois, on ne vous fera pas mal, peut-être que cette fois, on vous caressera, on vous embrassera, on vous cajolera.

— Il y a des gens pires que d'autres, je dis.

— Et des meilleurs. Il ne faut pas juger d'avance.

Elle referme son missel d'un coup sec comme un clap de fin.

— Vous êtes venue visiter la maison de Prévert ?

— Comment vous avez deviné ?

— Tout le monde vient pour Prévert. Mais c'est fermé le jeudi.

— Et demain ?

— Ça ouvre à 9 heures.

La religieuse se lève, ses chaussures couinent, des Stan Smith au bord rouge, flambant neuves.

Elle me fait un clin d'œil.

— Tout le monde prend les vertes. Pas moi ! J'y vais, il faut que j'aille à la criée pour mes encornets.

— Vous avez des invités ?

— Oui. Moi.

La lumière éclaire le discret duvet blond qui couvre son visage, elle n'a pas d'âge, de bonnes joues, l'air calme et doux. J'ai envie qu'elle me prenne dans ses bras. Je me sens pleine. C'est peut-être ça, le Saint-Esprit.

— Bonne journée, mademoiselle. Prenez soin de vous.

Les pas de la sœur s'éloignent dans la nef. Je me lève, glisse une pièce dans un tronc, appuie sur un bouton pour allumer un lumignon devant la Vierge.

J'envoie un message à Adam :

Je pense à toi, je rentre à Paris demain, on se voit ?

Je vous salue, Marie, pleine de grâce. Merci pour tout ce bonheur, et aidez-moi à ne plus douter du tout. Aidez-moi à arrêter de construire des labyrinthes dans ma tête. Faites qu'Adam réponde à mon sms. Amen.

Une voiture passe devant l'église, éclabousse les marches et mon jean. Je me jette sous la pluie, traverse l'esplanade inondée en courant.

Dans le café, une odeur de serpillière et de bière chaude me soulève le cœur. Je rejoins Basile et Allison, ils observent une fille aux cheveux roses qui joue au flipper en claquant ses hanches contre la machine. Basile se colle contre moi, glisse les mains dans les poches de ma veste, ses doigts jouent avec mon trousseau de clés. Allison me prend par le cou, colle un baiser sur ma joue et fait une anglaise avec une mèche de mes cheveux. Tout devient flou, lent, les coups de hanche de la fille sur le flipper, les lumières rouges, vertes, bleues, les claquements des manettes, le roulis de la bille. Tout ce qu'il faut dans la vie, c'est un peu de tendresse. Il faudrait que la fille décide d'entrer dans le Guinness des Records, que la partie de flipper dure trente-six heures et quelques-unes encore.

La machine s'emballe, la bille tombe, cinq notes électroniques dégringolent.

GAME OVER.

La fille aux cheveux roses se retourne, fait un clin d'œil à Allison qui tire sur ma mèche de cheveux.

— Aïe ! Doucement Lilou !

— Désolée.

Basile resserre son étreinte.

— Tu m'as tellement manqué !

— Basile, je suis partie une demi-heure, max.

— C'était une éternité pour moi.

Basile déplie un journal.

— On a trouvé l'horoscope. Ainsi, tu ne seras pas trop perturbée dans tes habitudes.

— C'est quoi mon signe aujourd'hui ?

— Sagittaire. L'amour que vous portez à un enfant fait ressortir votre capacité à vous attacher profondément.

— Quelle coïncidence ! Bon, mauvaise nouvelle. La maison de Prévert est fermée aujourd'hui. On ira demain.

Basile se laisse tomber sur une banquette rouge au tissu déchiré. Il en arrache un morceau, enfonce son doigt dans la mousse jaune de la garniture.

— Je ne sais pas ce qu'il se passe, je n'ai plus d'espoir.

— De quoi tu parles ? je dis en m'asseyant à côté de lui.

— Je pense à Prévert. Je ne le verrai jamais.

— Mais tu vas voir sa maison, c'est pareil.

Il tire sur le rembourrage. S'il continue, il va dépiauter la banquette. Je prends sa main moite, déplie ses doigts qui se détendent et se fondent dans les miens.

Allison approche, jette ses clés en l'air, les rattrape, nous montre l'écran de son téléphone. Candeloro lui a envoyé un selfie en combinaison de surf vert.

— On va voir la mer ?

Pour accéder à la petite plage coincée entre deux falaises, on descend un escalier rouillé, creusé dans la pierre. Au-dessus de la mer planent deux voiles rose fluo qui tranchent sur le ciel gris ; elles s'approchent, s'évitent, on dirait qu'elles ne savent pas ce qu'elles veulent.

— Il est là ! crie Basile en montrant Candeloro, occupé à replier sa toile de kitesurf.

On enlève nos chaussures, des coquillages craquent sous nos pieds. Basile, émerveillé, s'applique à bien appuyer. Candeloro arrive en courant. Il tire sur les mollets de sa combinaison, deux litres d'eau tombent sur le sable.

— On va se baigner ?

— Elle a l'air glacé ! s'exclame Allison. C'est facile pour toi, t'es en combi !

Il enlève sa combinaison en la déroulant comme une mue de serpent. En trois enjambées, il atteint le bord de l'eau, plonge la tête la première dans les vagues.

— Il veut épater la galerie, note Basile.

Allison se contorsionne pour enlever son jean :

— La galerie, c'est moi ! Allez Vic', ça va nous faire du bien.

— Trop froide.

Je regarde la peau blanche d'Allison, ses taches de rousseur. Quand on était ados, elle s'allongeait nue sur son lit et je reliais les taches au stylo, dessinais des constellations, elle frissonnait et murmurait « encore, encore ». Repliant mes jambes contre ma poitrine, j'attrape le livre d'Allison dans son panier en osier.

Elle plie son jean et son pull sur le rocher derrière moi.

— Tu sais combien ça coûte une séance de cryothérapie, à Paris ? 50 euros les cinq minutes. Et tu perds 1 000 calories direct !

Basile pose un gros galet sur un coin du plaid pour l'empêcher de s'envoler.

— La thermogénèse n'a aucun effet prouvé sur la perte de poids. Ne cède pas à la tentation de croire tout ce que tu lis sur internet.

Allison s'élance en culotte, les seins tendus en avant, le dos conquérant.

— Pourquoi tu ne vas pas te baigner ? demande Basile.

— J'aime pas l'eau froide.

— Tu m'as pourtant dit que tu passais tous les étés avec tes parents en Belgique quand tu étais petite. Tu dois avoir l'habitude des températures extrêmes. Moi, je crois que tu as honte de te mettre en sous-vêtements.

— Stoooop !

Je me bouche les oreilles. Basile s'approche et hurle :

— Tu n'es pas GROSSE.

— C'est bon, Basile. On s'en fiche.

— Tu n'es pas maigre mais tu n'es pas grosse. Tu es parfaitement proportionnée.

— Allez arrête. Va chercher des coquillages.

— On est toujours mal accueilli, quand on dit la vérité.

— T'éloigne pas trop, d'accord ?

J'ouvre *Le Corps des femmes*[1] au hasard.

Allison a souligné au stabilo rose : « *Quand elles s'aventurent dans les endroits qui leur étaient jusque-là fermés, les femmes le font sur le mode de la conquête : il s'agit de se faire une place.* »

Une coupure de presse s'échappe de la rainure, je la déplie. C'est une petite annonce pour un véhicule professionnel : *RENAULT MASCOTT 18 500 euros.*

Un rayon de soleil chauffe mes joues, les lignes se troublent, je relis deux fois la même phrase, m'assoupis, un jour, j'aurai une petite maison en haut d'une falaise. La fenêtre de mon bureau donnera sur la mer, je passerai mes journées à traduire des romans américains. Je resterai en pyjama, je boirai du café au lait, j'avalerai des tubes de lait concentré et des fondants au chocolat, je resterai en jogging gris-mauve, taille XXL.

— J'ai besoin de ton aide !

1. *Le Corps des femmes*, Camille Froidevaux-Metterie, Philosophie magazine Éditeur, 2018.

Basile tient les bords de son pull comme une poche de kangourou qu'il a remplie de galets. Il s'agenouille, les déverse à mes pieds.

— Tu peux m'aider à en choisir un beau pour ma mère ?

J'en repère un très joli, lisse et marqué d'un serpentin blanc.

— Celui-là ?

Il mime un monocle avec son pouce et son index, inspecte le caillou.

— Il l'inspirera pour ses scénographies.

Il pose sur mon genou un caillou rond sur lequel est écrasé un soleil blanc.

— C'est un fossile d'oursin qui a au moins quinze millions d'années.

Je pose le galet sur ma paume et l'observe. Quinze millions d'années... je ne fais pas le poids. Même si je prends cinquante kilos perchée sur ma falaise.

— Je te l'offre, dit Basile.

— Tu crois qu'il va me porter chance ?

— Non mais tu peux le croire si tu veux.

Il inspecte un caillou jaunâtre, surmonté d'une verrue noire.

— Celui-là est vraiment hideux.

— Jette-le.

— C'est trop brutal. Si je le laisse sur cette plage, il va se faire martyriser par tous les autres galets.

Il soupire, s'assied à côté de moi, l'air triste.

— Comment ça se passe au collège en ce moment ? je dis.

— Au football, je fais le but.

— T'es gardien ? C'est super !

— Tu ne m'écoutes pas. Je ne fais pas le gardien, je fais le but. S'ils touchent ma jambe, ils marquent cent points, s'ils touchent ma tête, ils marquent cinq cents points.

— Ça doit te faire super mal ! Pourquoi tu me l'as jamais dit ?

— Je tiens à préciser qu'il s'agit d'un ballon en mousse.

— Mais on s'en fout ! Basile, une personne n'est pas un but de foot, c'est pas un jeu. Tu ferais ça, toi ?

Il pose le doigt sur la verrue du caillou jaune et soupire.

— Je voudrais être n'importe qui, excepté moi.

— Ne dis pas ça ! Ça va pas se passer comme ça ! Je vais aller les voir, moi, ces connards, et je vais les défoncer et grave !

— Vous parlez de quoi, tous les deux ? Ça a l'air animé !

Allison se laisse tomber à côté de moi et se frictionne les bras pour se réchauffer. Au loin, Philippe discute avec des surfeurs. Basile caresse son caillou en se mordant la lèvre.

— Tu peux dire la vérité à Allison, il dit, je lui fais confiance.

— Des petits cons martyrisent Basile au collège.

Allison s'allonge sur le ventre.

— T'inquiète, Basilou, on va régler ça et vite !

— C'est un garçon, vous êtes des filles. Il est trop fort pour vous.

— Et alors ? Tu sais ce qu'elle dit, dans mon livre ? dit Allison en cherchant une page.

Je lui tends la petite annonce trouvée dans la rainure.

— Des Schtroumpfs, des pommeaux de douche, et maintenant des camions, on ne t'arrête plus !

— Je ne vais pas le revendre, celui-là.

Elle suce l'eau de mer d'une mèche de cheveux, essuie sa main sur son pull, déplie la petite annonce.

— Je voulais t'en parler plus tard. J'ouvre un Food Truck de sardines à Marseille.

— Pourquoi plus tard ?

— Pour l'appart, je voulais pas te foutre les boules, avec Middlebury et tout.

— Tu pars quand ?

— En septembre. Je vais passer l'été à Paris. J'ai trouvé un job super bien payé. Comme ça, je pourrai t'aider avec le loyer en septembre, je te laisse pas tomber, je te plante pas.

Je pose la main sur son bras.

— Allilou, arrête. Je suis trop contente pour toi, c'est ton rêve de partir dans le Sud, et je suis sûre que ça va cartonner.

— Mais toi, qu'est-ce que tu vas faire ?

— Déménager à Marseille. Je ferai la plonge !

Elle éclate de rire.

— Sérieusement Vic…

Je prends une poignée de sable, la laisse couler en filet sur mon jean.

— Avec Middlebury, j'avais un but. Mais maintenant… je sais plus. Plus rien du tout.

Je jette un œil sur Basile qui est retourné dans les rochers, accroupi au-dessus d'une petite mare d'eau stagnante, les doigts plongés dans une crevasse. Je répète ses mots.

— Je voudrais être n'importe qui, excepté moi.

Allison se redresse et enfonce un coude dans le sable.

— Quand on était au lycée, tu voulais devenir journaliste, comédienne, faire de la radio, écrire des livres… T'avais des milliards d'envies. Souviens-toi, tu passais dans les classes pour présenter le journal du lycée… Comment ça s'appelait déjà ?

— CafardNaüm.

— Tout le monde adorait ce journal ! On en vendait des piles. C'était toi qui faisais tout ça. Tu sais ce que je crois, moi ? C'est ce connard de Robin Saule qui t'a démolie.

Je soupire, renverse la tête vers les nuages.

— Secoue-toi, bon sang ! Elle ajoute. Trouve ce qui te fait vraiment kiffer et fonce.

— Comment tu fais pour avoir confiance en toi ?

— Je fais semblant, elle dit en relevant la tête pour sourire à Candeloro qui arrive en courant, sa planche de kitesurf sous le bras.

— Je vais ranger mon matos dans le van, on se retrouve sur le parking ?

Elle lui tend les mains.

— Je viens avec toi !

Il l'aide à se relever, elle bondit et s'accroche à son cou.

— J'attends Basile, je dis. On va passer par le petit bois, il ramassera des feuilles pour son carnet de voyage.

Candeloro passe son bras libre autour d'Allison et l'enlace. Elle s'abandonne comme une poupée de chiffon, ils s'embrassent en marchant vers l'escalier rouillé.

J'ai hâte de retrouver du réseau, peut-être qu'Adam aura répondu à mon message.

Journal de bord de Basile Cavrois.
Hôtel Royal Normandie, le 11 juin, 17 heures.

Cher journal,

Je colle ici une feuille morte trouvée dans la forêt ainsi qu'un petit morceau d'écorce en souvenir de la peur de ma vie. Dans le bois, la pluie avait inondé le sentier, mais un peu de bouillasse n'arrête pas un homme de ma taille. Victoire a eu envie de faire p.... (Je n'utiliserai pas ici de mots concernant le bas corporel car j'en ai horreur.) Par pudeur, Victoire m'a demandé d'avancer et de ne surtout pas me retourner. J'ai compté quinze pas et j'ai attendu. Au bout de deux cent trente-trois secondes, je n'entendais toujours pas Victoire arriver et j'ai pensé qu'un sanglier avait pu la dévorer. Bien qu'ils soient craintifs et ne sortent de leurs tanières que la nuit, il arrive d'en croiser le jour. Les laies sont protectrices avec leurs marcassins ; elles pensent que les humains veulent les tuer ou dérober leurs provisions, ce qui n'aurait pas été surprenant de la part de Victoire qui adore commettre des larcins. En cas d'attaque de sanglier, il faut tourner autour d'un tronc d'arbre ou grimper aux branches en attendant que le sanglier se fatigue. Victoire ignorait cela, j'avais omis de le lui dire, j'étais certain qu'elle allait périr dans d'atroces souffrances, empalée par des défenses.

Les secondes duraient des heures et j'ai fini par penser que ma mère était morte, que Victoire n'osait pas me le dire et que tout ce voyage en Normandie n'était qu'un stratagème pour m'abandonner dans les bois.

Le lecteur averti comprendra donc que j'avais très envie de me retourner pour m'assurer que Victoire était toujours là. Mais je lui avais promis de ne pas le faire. Je ne voulais perdre ni son estime ni sa confiance.

J'ai pensé à Orphée. Le jour où il est allé chercher sa bien-aimée Eurydice aux Enfers, il a promis aux Dieux qu'il ne se retournerait pas avant d'être sorti du Royaume des Morts. Il avait si peur qu'Eurydice ne le suive pas qu'il n'a pas pu s'en empêcher.

Moi, j'ai résisté.

J'ai fermé les yeux, j'ai pris mon mal en patience, je ne me suis pas gratté le menton.

Victoire est finalement arrivée et m'a expliqué qu'elle était en train de prendre en photo un écureuil. Morale de cette histoire : ma volonté est plus forte que celle d'Orphée. Je suis un homme courageux et fort.

Après une belle journée à la plage, nous voici à l'hôtel Royal Normandie, offert par ma mère. Les filles en profitent pour consommer les cocktails et les vins les plus chers. Personnellement, je reste raisonnable. J'apprends beaucoup de choses. Exemple : il ne faut jamais dire « merci mon brave » aux employés qui nous aident à monter les bagages dans l'ascenseur. Victoire dit que c'est « condescendant ». Condescendant signifie dédaigneux, méprisant, supérieur. Ce n'était pas mon intention. Je ne me sens nullement supérieur malgré la différence évidente de notre niveau de vie.

L'amour fait des ravages. Victoire a reçu un message d'Adam et je souffre. J'ai peur qu'elle se désintéresse de moi. C'est souvent ce qu'il se passe quand les gens tombent amoureux. Mais ma souffrance n'est pas digne et je dois me réjouir pour elle. Allison aussi a quelqu'un dans sa vie. Il est très sympathique et a beaucoup de principes, dommage qu'il ait un affreux tatouage sur son poignet. Il va passer nous dire bonjour à l'hôtel cet après-midi, mais il n'est pas prévu qu'il reste dîner. Je passerai donc la soirée seul avec Allison et Victoire. Excellente perspective. Fin de la journée exceptionnelle du 11 juin.

Allongée sur un transat au bord de la piscine, je profite de la dernière heure de soleil de la journée. Allison boit un Spritz dans un verre grand comme une carafe. Elle passe le doigt sur le rebord de son verre, lèche les cristaux de sucre. Basile colle la carte de l'hôtel sur son carnet de voyage. Il n'a pas quitté les pantoufles blanches offertes par l'hôtel. Les serveurs échangent les bouquets sur les tables basses contre des bougeoirs en quartz.

J'essaie de me plonger dans mon roman, mais je ne cesse de lire et relire le message d'Adam :

Hey, j'ai beaucoup de boulot mais on prend un verre pendant le week-end ?

Les lézards se réveillent et chatouillent mes côtes.

Basile jette des coups d'œil à une fillette de l'autre côté de la piscine. En pleine partie de Puissance 4 contre elle-même, elle décolle et recolle le bord d'un pansement sur son front.

— Je n'oserai jamais, il soupire. Je n'ai même pas de cadeau à lui offrir.

À l'aide de sa paille, Allison extirpe la rondelle d'orange tombée au fond de son verre.

— Tu ne m'as pas dit que tu connaissais des poèmes par cœur ?

— Je pourrais lui en réciter un ?

— C'est too much. C'est mieux si tu le copies sur une page de ton carnet et que tu lui offres. T'as qu'à dire que c'est de toi.

— C'est indigne, ce serait du plagiat !

Je lui tends son stylo.

— Dis-lui la vérité, un poème de Prévert, c'est un super cadeau.

Il s'agenouille devant la table basse, pousse les verres, déchire soigneusement une page de son cahier, mordille son stylo et écrit :

« Une orange sur la table
Ta robe sur le tapis
Et toi dans mon lit
Doux présent du présent
Fraîcheur de la nuit
Chaleur de ma vie. »

Allison retient un sourire.

— Celui-là, il est peut-être un peu…

— Excellent choix, je coupe. Elle va adorer.

— Envoyez-moi de bonnes ondes ! dit Basile en se redressant.

Il roule les épaules en arrière, pose un pied devant l'autre.

Allison murmure :

— Je rêve ou il marche « comme une guerrière » ?

— Tu es son nouveau modèle, je souris.

La petite suspend un pion jaune au-dessus de la grille en plastique. Basile serre les poings, les desserre, porte la main à sa bouche et se ravise. C'est la première fois que je le vois résister à l'envie de s'écorcher le menton.

Il chiffonne un coin du poème, se tourne vers nous.

— Vas-y, vas-y, on articule en lui faisant de grands signes.

Il tend la feuille d'un geste brusque, croise les bras sur son torse et la fixe sans bouger. Elle lit le poème, sourit, se pousse et lui fait une place sur son transat.

— Un séducteur est né, dit Allison.

Je m'évente avec la carte des cocktails, pousse un long soupir.

— J'ai eu un de ces tracs !

— T'es amoureuse de Basile, en fait.

J'éclate de rire.

— J'avoue… c'est le mec le plus génial avec lequel j'ai dormi !

— T'as répondu au message d'Adam ? Tu vas le voir en rentrant ?

— J'en sais rien.

— Tu ne vas pas encore te défiler ! T'es amoureuse de lui, ça se voit, t'arrives même pas à t'empêcher de sourire.

Elle se redresse sur les coudes, lance :

— On va faire un test. Imagine qu'une autre fille l'embrasse. Tu fais quoi ?

— Mais pourquoi tu me demandes ça, c'est complètement con !

— Et voilà ! Tu t'énerves parce que t'es LOVE !

Je m'effondre sur mon transat, soupire.

— T'as vu son profil Facebook ? Il est magnifique, talentueux...

— Et toi, t'es moche et con, c'est bien connu.

Elle sort un rouge à lèvres de son sac, fait bouffer ses boucles.

— Attention ! L'homme de ma vie arrive.

Candeloro débarque sur la terrasse. Il a roulé son jean au-dessus des chevilles. Il tape sur l'épaule d'un des serveurs et éclate de rire, aplatit sa queue de cheval.

— Où est passée la leçon numéro 1 « L'homme de ta vie, c'est toi-même » ?

Allison pose la main sur son front et prend un air tragique :

— *Quand je m'endors contre ton corps, alors je n'ai plus de doute, l'amour existe encore !*

— Racine ?

— Céline Dion.

— Je ne fais que passer ! dit Candeloro.

Allison se décale pour le laisser s'allonger.

— Je prends mon shift à la station-service dans une heure.

Elle tend la main pour lui caresser le poignet, ses doigts s'arrêtent sur une inscription en lettres tribales, elle remonte la manche de sa chemise et je la vois déglutir. Allison a toujours décrété que les tatouages étaient « un signe d'asservissement ».

— « *Hâtes-toi de ceder à la tentation avant qu'elle ne s'échappe* », elle lit d'un ton très peu convaincu. T'es au courant qu'il y a une faute ?

— Une faute ?

— Oui. Une énorme.

Je me cache derrière un magazine pour qu'ils ne me voient pas rire.

— L'accent sur le e ? Le tatoueur n'avait plus d'encre.

— Non ! le « s » à hâte. À l'impératif, les verbes du premier groupe ne prennent pas de « s » à la deuxième personne du singulier.

Elle lâche son poignet, retourne au *Corps des femmes*.

— Tu lis quoi ? demande Candeloro.

— C'est une super approche phénoménologique du féminisme.

— Je connais personne qui sache dire « phénoménologique » aussi vite que toi, je dis.

— Et toi, tu lis quoi ? demande Candeloro.

Je lui montre mon livre. *Reflets dans un œil d'or*, de Carson McCullers.

— C'était au programme de mon cours d'anglais. Je l'ai déjà lu deux fois et à tous les coups, ça me tue.

— Raconte ! il dit en mordant dans une figue.

— Là, une femme vient de se couper les tétons avec une cisaille.

La figue fait une boule dans sa joue.

— C'est ça que t'aimes lire ?

— Il y a des passages vachement beaux. Rien que la première phrase, écoute : « *An army post in peacetime is a dull place. Things happen, but then they happen over and over again.* »

Je marque une pause.

— Génial, non ?

— Je comprends pas assez bien l'anglais.

— Tu parles pas anglais du tout ? s'étrangle Allison.

— Ça se dit comment, ça ? il demande en posant le doigt sur son tatouage.

— *A big mistake…*

— Mais non, mon bras.

— *An arm.*

Il montre le col de sa chemise :

— Et ça ?

— *A collar*, dit Allison.

— Et ça ? il dit en prenant une figue.

— Facile. *A fig.*

Il tend l'autre moitié à Allison qui avance la bouche et la croque. Le fruit éclate entre ses dents, une goutte rosâtre coule sur son menton, dessine une rigole collante.

— Trop bon, elle dit.

Il tend le doigt pour essuyer la goutte.

— Et ça ? il dit, en gardant l'index sur son menton.

— Tu le fais exprès. *A chin.*

Il touche son poignet, son épaule, sa joue. Allison traduit :

— *A wrist*, *a shoulder*, *a cheek*, on t'a rien appris à l'école ou quoi ?

— Et ça ? il demande en posant le doigt sur sa bouche.

— Tu sais très bien comment on dit ça.

Il l'embrasse, fait semblant de subir une décharge électrique. Enlève son jean, son T-shirt, se dresse devant la piscine et lève les bras en hurlant façon Tarzan.

— T'es malade ! crie Allison.

Au bruit du plongeon, tous les clients sursautent et le regardent, un vieil homme applaudit discrètement.

Allison soupire.

— C'est un dauphin, en fait. Le mec passe sa vie dans la flotte.

Il émerge de l'eau.

— *It's fucking cold !*

— Tu parles anglais ! crie Allison.

— Bien sûr que je parle anglais, il dit, les coudes sur le bord de la piscine. J'ai mon bac L.

Il pousse sur ses jambes pour faire la planche. Sur le dos, il récite très fort, sur un ton professoral :

— La phénoménologie ! Se concentre sur l'étude des phénomènes, de l'expérience vécue…

Allison l'observe par-dessus les pages.

Il crache un jet d'eau et poursuit :

— Il s'agit de la science de ce qui apparaît à notre conscience.

Il sort de la piscine à la force des bras. L'eau dégouline de ses cheveux, fait des gouttes de lumière sur sa peau, brille sur son tatouage. Il enfile son jean, son T-shirt.

— Je passe te prendre à 9 heures ?

— 9 heures et quart ! dit Allison en le regardant partir par-dessus ses lunettes de soleil.

Elle attend qu'il soit loin pour me demander :
— Combien ça coûte pour enlever un tatouage ?
— Je ne sais pas… mille euros ?
— Je ferai un crédit à la consommation.

Dans la salle de réception aux miroirs immenses, un pianiste joue *Fascinating Rhythm*. L'éclat des lustres rebondit sur les couverts d'argent et les dessertes clinquantes.

— Alors, cette partie de Puissance 4 ? demande Allison à Basile, elle est sympa ta nouvelle copine ?

— Louisa. Un prénom magnifique, n'est-ce pas ? Malheureusement nous ne nous reverrons plus car elle habite en Suisse. Tu pourras m'aider à lui écrire des lettres avec tes talents de rédactrice. Tu es fière de moi Victoire ? Je défie l'impossible en ce moment.

— Très fière.

Le serveur pose un énorme millefeuille devant Allison.

— Tu es monomaniaque, commente Basile.

— Je suis une femme constante.

— Le soir, il faut des protéines et des légumes.

Elle plante une cuillère en argent dans la pâte feuilletée.

— C'est tout l'avantage d'être adulte. On fait ce qu'on veut.

Je m'écarte pour laisser le serveur poser mon plat : un filet de cabillaud serré entre deux rangées de carottes en julienne.

— *Boring*, grimace Allison.

Basile soulève la cloche de ses spaghettis, hume la fumée et soupire :

— On devrait rester ici toute notre vie.

Mon téléphone sonne sur la table, je le mets en silencieux.

— C'est qui ? dit Allison.

— Lilia, de la fac.

— Réponds, à cette heure-ci, ça doit être important.

— J'ose pas. La dernière fois qu'on s'est vues, j'ai pété un câble.

— Tu pourrais lui rapporter un petit souvenir de Normandie pour te faire pardonner, suggère Basile. Une pierre rare, par exemple.

La sonnerie s'éteint, l'écran annonce un message vocal, je pousse le téléphone vers Allison comme si c'était une bombe prête à exploser.

— Tu peux écouter s'il te plaît ? Et tu me répètes ce qu'elle a dit ?

Quand on était au lycée, c'est Allison qui écoutait les messages de mes parents, elle qui annulait mes rendez-vous chez l'orthodontiste, lisait les mauvaises appréciations du prof de maths.

Le téléphone perdu dans ses boucles rousses, elle écoute, sourit, ses yeux se remplissent de points de suspension, elle fait la danse égyptienne.

— Victoire, ce soir, c'est ton sooooiiirrr !

— C'est Adam ?

— Dix fois mieux !

Je m'essuie la bouche dans un coin de serviette, prends mon portable et sors sur la terrasse qui domine la baie. Assise sur le rebord d'une table en fer forgé, je rappelle Lilia et contemple les lumières des bateaux dans le port.

— Victoire, où es-tu ?

— Pourquoi ?

— J'ai mené mon enquête et t'avais raison, il y a un truc pas clair pour Middlebury.

— T'as fait ça pour moi ?

— Quand je te dis que je t'aime, c'est pas pour décorer. Bref. J'ai fait remonter jusqu'au doyen. Vendredi, vous aurez une dernière épreuve, une version extraite de vos textes au programme.

— Corrigée par Pointurier ?

— Par une prof de Middlebury directement. Pointurier a été écartée du service relations internationales.

— Mais c'est quoi, ce délire ?

— Victoire, ne cherche pas à comprendre et rentre à Paris. Regarde tes mails, il faut que tu envoies une lettre de motivation. Je te laisse, je suis à un mariage.

Elle raccroche.

Mon cœur explose.

Je cherche les étoiles pour leur dire merci, mais le ciel est noir et la lune si fine qu'on dirait un cil tombé dans la nuit. Je la choisis, je lui souris.

Merci, merci, merci.

Je me laisse tomber sur ma chaise, vide mon verre de vin d'un trait.

— Alors ? dit Allison.

— J'ai une deuxième chance pour Middlebury.

Je prends le biscuit cigarette planté dans la chantilly d'Allison, l'avale, attrape un morceau de pain.

— Une version. J'y crois pas. C'est dingue. Je comprends rien à ce qu'il s'est passé. Apparemment y'a eu un trafic dans les dossiers…

— Cherche pas à comprendre et fonce.

— Faut que je fasse une lettre de motivation, ce soir, je vais galérer…

— Dis-leur que tu es une baby-sitter exceptionnelle, dit Basile.

— Parle-leur de tout ce que tu faisais au lycée, le journal, le club chorale…

— Si tu pars en Amérique, dit Basile. J'aurai une nouvelle baby-sitter.

— Si je pars, j'aiderai ta maman à trouver quelqu'un de vraiment bien. Je te promets. Une fille patiente, qui lit des livres, ne consulte jamais son téléphone.

— Qui a les yeux vairons ?

VENDREDI

Journal de bord de Basile Cavrois.
Maison de Jacques Prévert, le 12 juin, 10 h 23.

Cher journal,

Aujourd'hui est un jour exceptionnel puisque je réalise enfin mon rêve le plus cher, visiter la maison de Jacques Prévert. Je porte un magnifique costume et une cravate que Victoire et Allison m'ont offerts pour l'occasion. Je t'écris depuis la salle à manger de Jacques, attablé au bureau sur lequel il a laissé toutes ses affaires dont sa fameuse pochette rouge « Impôts : Emmerdements ». On dirait qu'il vient de partir faire une commission et qu'il reviendra d'un instant à l'autre. Mais il est mort. La voix d'Yves Montand chantonne dans les haut-parleurs « Les feuilles mortes se ramassent à la pelle, tu vois je n'ai pas oublié ». Victoire et Allison se reposent dans le canapé. Victoire a passé la nuit à rédiger sa lettre de motivation, elle semble satisfaite du résultat mais deux poches de peau sous ses yeux témoignent de sa grande fatigue. Allison nous a retrouvés au petit déjeuner, nous étions tous les deux surpris de ne pas croiser Philippe. Ce matin, Allison a dit qu'elle avait préféré mettre fin à leur histoire et elle a ajouté : « Ne me jugez pas, il y a des jours pires que d'autres. » Le petit déjeuner était un buffet exceptionnel. J'ai mangé : des œufs brouillés, une salade de fruits, un bol de lait de soja. Victoire a mangé comme moi, plus deux toasts grillés, deux croissants avec de la confiture de groseille, un verre de jus d'orange, du muesli, un morceau de fromage de brebis alors que je pensais qu'elle avait horreur de ça, une banane et deux scones anglais.

C'est un peu excessif mais je ne la juge pas. Allison a raison : il y a des journées pires que d'autres.

À présent, cher journal, je te laisse. Je vais finir ma visite et relever un défi exceptionnel : tenter de remporter le concours proposé à l'entrée du musée : **Connaissez-vous l'œuvre de Jacques Prévert ?**

Si je gagne le premier prix, ma professeur de français et ma mère seront fières de moi. Je remporterai l'estime de ma classe.

— Le beau Philippe est un coup pourri ?

J'essaie de réconforter Allison, blottie dans le canapé de Prévert. La tête renversée, elle suit des yeux l'ange en bois suspendu à une poutre apparente. Nous sommes les seuls visiteurs de la maison. Basile explore l'exposition temporaire à l'étage. Il lit toutes les légendes de toutes les photos et les prend en note dans son carnet de voyage. Le gardien, avachi sur une chaise en plastique, joue avec un Rubik's Cube. Les faces rouges, jaunes et vertes virevoltent et se mélangent entre ses doigts.

— Allez Alli, réponds-moi. C'est un mauvais coup ?

— Au début moyen, mais je lui ai demandé de se servir de sa langue et de ses mains et après, c'était mieux.

— Alors c'est à cause du tatouage, de la faute d'orthographe ?

Sa voix s'alourdit, elle hoche la tête.

— Peut-être.

— Pourquoi t'es triste ?

— Je voudrais tomber amoureuse. Vraiment amoureuse.

Elle montre Basile qui vient de sortir de l'exposition. Les poings sur les hanches, il fait face à la borne de jeu. L'écran projette sur son visage une lueur blanche. Il se mord la lèvre, se frotte les joues, se gratte le menton.

— Je crois qu'il a besoin de nous, dit Allison.

— J'ai le trac, dit Basile.

Je sors le tube d'Homéoplasmine de mon sac à dos.

— Montre-leur de quoi tu es capable, je dis en étalant une couche du baume transparent.

— Qu'est-ce qu'il y a à gagner ? demande Allison au guide.

Le guide lève les yeux, si lentement qu'on dirait que ses cils sont en plomb. Ses doigts continuent de tourner les faces de son Rubik's Cube.

— Des gommes, des blocs-notes, des règles, il récite. Celui qui réussit à répondre aux 10 questions en 3 minutes gagne le gros lot surprise, un poster avec l'autographe de Prévert.

— Exceptionnel, murmure Basile. Je le veux.

— Ça fait un an que la machine est là et personne n'a réussi, continue le guide sur un ton monocorde.

— Je suis incollable sur Jacques Prévert, coupe Basile.

Il se tourne vers Allison.

— Est-ce que tu crois en moi ?

— À mort.

— Allez, je dis en appuyant sur « *lancer le jeu* ».

La machine affiche la première question :

1 : Finissez les phrases suivantes : ***C'est la baronne Crin, la reine de la…***

Trois réponses apparaissent, Basile appuie sur l'une :

— « carie dentaire »… Trop facile.

La machine fait un bruit de feu d'artifice.

BONNE RÉPONSE

2 : Quel est le contraire d'un mot insolite ?

— Un mot solite.

Basile ouvre et ferme les poings, la sueur perle sur son front, mouille les petits cheveux qui bouclent sur ses tempes.

— Reste calme, je dis en lui frottant le dos.

3 : De deux choses lune, l'autre c'est…

— Le soleil !

4 : Notre Père qui êtes aux cieux…

— Restez-y !

Le guide se lève.

— C'est fou…

— C'est Basile, je souris.

5 : Ceux qui brossent à reluire, ceux qui ont du ventre, ceux qui baissent les yeux…

Basile hésite, se frappe le front, tape du pied.

— Ceux qui savent découper le poulet ! je dis.

— Oui ! hurle Basile en tapant la réponse.

Allison me secoue le bras comme une maracas.

— T'es un génie !

6 : Le paysage charbon, le paysage poussière, le paysage…

Basile tape sur l'écran en criant :

— Mâchefer !

La machine s'éteint et l'écran affiche.

PERDU. La bonne réponse était « Cambouis ». Vous avez gagné une gomme à l'effigie de votre poète favori.

Basile se tourne vers nous, décomposé.

— C'était « Cambouis », j'ai commis une erreur. C'est un extrait du poème « Le Paysage changeur », publié pour la première fois en 1946 dans le recueil *Paroles*.

— Il peut recommencer ? je demande au guide.

— Une participation par personne, il grommelle.

— Et si je le fais à sa place ? j'insiste.

— OK, mais le petit n'a pas le droit de vous aider.

Basile donne un coup de pied dans la machine :

— À quoi ça sert d'avoir des connaissances si c'est pour tout gâcher !

— C'est pas grave, Basile.

— Rien n'est jamais grave pour vous, mais la vérité c'est que je suis un raté !

Le gardien lui tend une gomme :

— Tiens bonhomme, t'as gagné…

— Je m'en fous complètement de votre gomme ! il hurle en la jetant sur le parquet.

— Basilou, calme-toi…

— Et ne m'appelle pas Basilou !

Les bras tendus le long du corps, il sort de la maison en courant, claque la porte si fort que les carreaux manquent d'exploser.

Je le rejoins sur un petit banc coincé entre deux massifs d'hortensias. Il a replié ses genoux contre sa poitrine, plongé la tête dans ses bras. Son dos soubresaute, ses poings écrasent des pétales de fleurs. Je m'agenouille devant lui, pose les mains sur ses genoux.

— Je vais rester là, d'accord ? Jusqu'à ce que tu te sentes mieux.

Basile essaie de parler, son merci ressemble à un sanglot. Une fourmi court sur son jean, je la fais monter sur mon index.

— Ça a combien de pattes, une fourmi ? je demande.

— Six.

— Ce sont les noires, ou les rouges qui piquent ?

— On les appelle les fourmis rousses. N'essaie pas de me changer les idées, je veux affronter mon chagrin.

— Mais enfin Basile, tout ce qu'il y avait à gagner, c'était un poster.

— Et si pour moi, un poster, c'est important ? Et si je voulais l'afficher dans ma classe, par exemple ? Et si je voulais que mon professeur de français soit fier de moi ?

— Je peux t'en acheter un, si tu veux.

— Et dire à ma classe que je l'ai gagné ? Tu me proposes encore une imposture ?

— Mais tu connaissais la réponse, t'as eu peur, c'est tout. Ça arrive à tout le monde de paniquer.

— Je suis un raté.

— Pourquoi tu répètes ça ?

Il éclate en sanglots.

— C'est la vérité. Même mon propre père l'a dit !

— Je suis sûre qu'il ne le pensait pas. Et même s'il le pensait, ça veut rien dire.

— Qu'est-ce que tu en sais ?

— Tu veux que je te raconte quelque chose d'intime, que j'ai jamais raconté à personne ?

— Ça m'intéresse.

— Alors lève la tête quand je te parle, sinon je ne te dis rien.

Il fixe un point au milieu de mon front, j'ai l'impression qu'il scrute mon cerveau. Il écrase ses larmes avec son poing.

— Je t'écoute.

— Quand j'avais ton âge, ma mère passait ses journées et ses nuits à jouer à World of Warcraft, un jeu sur internet.

— Elle portait des lunettes anti-lumière bleue, j'espère ?

— Ses yeux vont bien, ne t'inquiète pas. Elle était très forte à ce jeu, son personnage, Hydra, était le plus puissant de tous.

— Tu devais être très fière.

— Mes copains trouvaient ça génial donc oui, j'étais fière, mais elle n'avait pas beaucoup de temps pour s'occuper de moi. Un jour, j'ai eu un vingt en rédaction.

— Cela ne m'étonne pas de toi.

— J'ai couru dans le bureau de ma mère pour lui montrer ma copie. Avec son casque audio, elle ne m'a pas entendue entrer. J'ai tapé sur son épaule ; elle a hurlé de peur, donné un grand coup de bras dans l'air et son verre de coca a volé sur son clavier. Elle a perdu le contrôle du jeu. Elle frappait sur le clavier qui ne répondait plus. À l'écran, Hydra est devenu dingue. Elle tournait sur elle-même, fonçait dans les arbres… Un dragon nain a surgi, elle n'a pas su se défendre et il l'a brûlée vive.

Je déglutis :

— Hydra est morte.

— Mais ce n'était qu'un jeu, dit Basile.

— C'était toute la vie de ma mère. Elle a pété les plombs, elle m'a insultée, m'a dit que je l'empêchais de vivre, qu'elle ne pouvait rien avoir à elle, que j'abîmais tout, que j'avais gâché sa vie. Et que j'étais une ratée.

Il sourit en coin, s'affaisse contre moi.

— Je vois où tu veux en venir.

— Tu te sens mieux ?

— Qu'est-ce qu'il s'est passé ensuite ? Ta mère t'a félicitée pour ta note ?

— Elle m'a fait des gaufres au Nutella et un câlin. Alors répète après moi : je ne suis pas un raté.

Il croise les bras sur sa poitrine et me lance un regard sévère.

— Je ne suis surtout pas naïf. Dis-moi la vérité.

Je m'assieds à côté de lui.

— D'accord, mais je te préviens c'est triste. Le lendemain, quand je suis rentrée du lycée elle était partie.

— Elle t'a laissé un mot ?

— Rien. Quelques mois plus tard, elle nous a appelés. Elle s'était installée à Saint-Raphaël, avec un joueur de World of Warcraft. Elle m'a promis de m'inviter un week-end, mais elle l'a jamais fait. Elle n'est jamais revenue à la maison. Tout ça pour te dire qu'il ne faut pas toujours écouter les adultes. Ils ne disent pas que des choses vraies. T'es pas un raté. T'es génial. Et moi, je serai toujours là pour toi. Tu auras toujours une amie qui sait que t'es génial.

Allison toussote derrière nous, s'assied à côté de Basile et le prend par les épaules.

— Tu as deux amies qui savent que t'es génial.

Journal de bord de Basile Cavrois.
Devant la boulangerie « Le pain de nos ancêtres », en face de mon collège, le 12 juin, 15 h 35.

Cher journal,

Nous voici à Paris. Il fait un soleil éblouissant, c'est bon signe. Je patiente à l'arrière de la camionnette d'Allison, sur un des vingt-sept cartons contenant les vingt-sept drones qu'elle a achetés à Cherbourg. Elle souhaite les revendre le triple de leur prix à Paris. C'est une fille pleine d'astuce. Si j'échoue dans ma carrière de dessinateur, nous nous associerons pour faire fortune dans le monde du déstockage. Pour le moment, il est malheureusement temps pour moi de retourner au collège. Deux choses me permettent de retrouver un peu d'optimisme :

1) Ma mère a pris rendez-vous avec mon professeur de français ce matin. Il me tarde de la retrouver.

2) Allison et Victoire ont décidé d'intimider Oscar afin qu'il arrête de me considérer comme un but de football. Je leur ai fait promettre de ne pas utiliser la violence physique bien que j'aie très envie qu'Oscar souffre.

C'est indigne, mais d'après Victoire, c'est humain. Parfois on est digne, parfois on est indigne.

C'était un beau voyage. Remarquons que mon eczéma sur le menton a presque disparu ; il s'agit probablement d'un effet du bon air marin.

C'est la fin des deux plus beaux jours de ma vie après celui de la découverte du squelette du « Yamanasaurus lojaensis » par l'Université technique particulière de Loja.

À bientôt,

Basile.

— Il n'a pas l'air d'un monstre, note Allison, en jetant un œil dans la boulangerie.

Oscar Scarmoncin remplit un sachet de guimauves au chocolat. Son cartable fait trois fois la largeur de son dos, une multitude de bracelets en caoutchouc orne son poignet. Allison resserre l'étreinte du carton qu'elle porte sous le bras.

— Rappelle-moi pourquoi t'as besoin d'un drone ? je demande.

— Tu verras, ça fait partie de ma technique d'intimidation.

On entre dans la boulangerie et la sonnette retentit, ting-tong, très gaie. L'odeur de pain chaud me creuse le ventre.

— Salut Oscar ! je lance.

Il se retourne, balaie la mèche de ses cheveux blonds, hausse un sourcil.

— Je vous connais pas.

Je pense aux bleus sur les mollets de Basile. Sale petit con. J'imagine que je lui enfonce ses guimauves dans la gorge jusqu'à ce qu'il pleure, s'étouffe, bave des litres de sang et de sucre.

— Tu joues au foot avec notre frère, dit Allison. Il nous a parlé de toi.

— C'est qui votre frère ?

— Basile.

Son poing se serre sur son sachet de bonbons, un éclair de panique passe dans ses yeux.

— C'est pas moi qui l'embête.

Allison pose son carton sur le carrelage et s'appuie à la vitrine des viennoiseries.

— De quoi tu parles ? Pourquoi tu l'embêterais ? je dis. T'es son copain, non ?

La boulangère arrive en s'essuyant les mains sur son tablier « *Le Chef, c'est moi* ».

— Messieurs, dames, à qui le tour ?

Oscar pose son sachet de bonbons sur le comptoir, Allison brandit un billet de cinq euros.

— C'est pour moi ! elle dit en piochant trois sucettes sur un présentoir surmonté d'une tête de Pierrot.

— T'aimes ça, les sucettes ?

Il hoche la tête, affolé.

— Je te les offre. Les copains de mon petit frère sont mes copains.

— Basile dit qu'il se fait taper à la récré, tu les connais, les élèves qui font ça ? je demande.

Il fait non avec la tête, fait claquer l'élastique en caoutchouc rose fluo à son poignet, jette au drone un œil inquiet.

— Je l'ai acheté au Japon, dit Allison. Il porte la caméra la plus puissante au monde. Surtout, ne dis rien à personne, mais on va surveiller la cour de récré pour repérer les petits cons qui embêtent Basile. Et on va les…

— Dénoncer au directeur, je coupe.

Allison avance d'un pas.

— On va leur écraser les couilles !

— Tu garderas le secret ? je demande.

— D'accord, il dit dans un filet de voix.

Allison lui tend la main, il la serre en tremblant. Je lui tape sur l'épaule.

— Cool. T'es vraiment un bon copain.

Oscar sort de la boulangerie en courant, son cartable rebondit sur son dos.

— Il a oublié ses bonbons ! dit la boulangère en me tendant le sachet.

Je le fourre dans mon sac, ouvre la porte à Allison.

— T'y es allée un peu fort quand même, je dis. Il a dix ans.

— J'aurais voulu que quelqu'un fasse ça pour moi à l'école.

— Toi ?

— Pourquoi tu crois que je suis arrivée à Juvisy en sixième ? Dans mon ancien collège, tout le monde m'appelait « Roger Rabbit » ou « Bugs Bunny », on me balançait des carottes et de la salade à la cantine.

— Tu m'as jamais raconté ça !

Elle ouvre le coffre de la camionnette.

— Tu m'as jamais demandé.

Caché entre les cartons, Basile écrit son carnet de voyage. Allison monte à l'avant en se mordillant un ongle.

— Il t'embêtera plus. Et on ne l'a pas touché, promis.

— Allez Basile, je dis en ouvrant sa portière. C'est l'heure.

Il se jette entre les sièges avant, prend Allison par le cou et lui colle une avalanche de baisers sur la joue.

— Merci, merci, merci, merci, de m'avoir emmené en Normandie, j'espère de tout mon cœur que je vais te revoir.

— Moi aussi, dit Allison. Et oublie pas que t'es le meilleur mec de la terre.

Il descend de la voiture, se plante devant moi et se gratte le menton.

— Ça va pas, Basile ?

— La fin de cette aventure me rend mélancolique.

Je le serre dans mes bras.

— T'en fais pas, on se revoit ce soir.

— Bonne journée, baby-sitter exceptionnelle.

Je lui tends son sachet de bonbons.

— Reste pas tout seul à la récré.

— Je ferai de mon mieux.

Je monte dans la camionnette et claque la portière, prends une pincée de sable restée dans une rainure de mon siège, le frotte entre mes doigts. J'ouvre la fenêtre, regarde Basile traverser la rue. Il roule les épaules en arrière, redresse le dos et marche bien droit, en posant un pied devant l'autre.

— Comme une guerrière, dit Allison.

Une Vespa rouge frôle la camionnette et se gare devant le collège.

— C'est sa mère ! je dis.

Léonore descend de la Vespa en resserrant la ceinture de son trench. Elle enlève son casque, son carré de cheveux blonds vole au vent.

— La classe, murmure Allison.

Je la regarde courir jusqu'à Basile, l'enfermer dans ses bras, l'embrasser dans les cheveux, le cou, prendre son visage dans les mains.

Ma poitrine s'enfonce, je ravale une tasse de larmes.

— Toi, t'as les boules… dit Allison en me pressant le genou.

— Tu sais pourquoi il adore Prévert ?

— Dis-moi.

— Parce que sa mère a fait les décors de *L'Opéra de la Lune*, écrit par Prévert.

— C'est mignon.

— Et les dinosaures, c'est depuis qu'elle a fait la scénographie du Museum d'histoire naturelle. Pareil pour Rossini, Verdi… et le pire, c'est qu'elle s'en rend même pas compte.

— Calme-toi, elle arrive. Demande-lui un max de pognon.

Léonore me fait signe, je baisse la vitre. Elle n'a pas mis de rouge à lèvres, son fond de teint cache mal ses cernes.

— Merci les filles. C'était n'importe quoi votre voyage en Normandie, mais Basile a l'air détendu.

Allison m'écrase le pied.

— Vous me devez 800 euros pour ces trois jours. J'ai besoin d'argent, vite. Je vais sûrement devoir payer un billet d'avion pour les États-Unis.

Le regard de Léonore tressaute, elle fronce les sourcils.

— Tu pars ?

— Ben, peut-être. J'ai une dernière épreuve cet après-midi.

— Et faut qu'on y aille ! lance Allison.

— Y'a un souci ? je demande à Léonore.

Elle crispe un sourire.

— Non, non. Bonne chance ! Tu récupères Basile ce soir au collège ?

— Oui, comme d'hab'.

Allison démarre, l'autoradio braille.

« Like a Virgin, touch for the very first time. »

— Victoire. Tu vas être à la bourre.

Elle donne un grand coup de klaxon, Léonore recule et nous regarde partir, les bras ballants.

— Elle avait l'air chelou, non ?

— Elle a besoin de toi. Récite-moi tes verbes irréguliers plutôt… *To dig, dug, dug*, ça signifie…

— Je te jure, je l'ai jamais vue comme ça, elle avait l'air super mal à l'aise.

— Elle est dégoûtée que tu partes c'est tout ! Elle a besoin de toi. On s'en fout ! Alors, *dig, dug, dug*, ça signifie…

— Creuser.

Je m'écrase sur mon dossier.

— Putain, j'ai trop peur.

— N'y pense pas. Tu sais quoi faire. Leçon numéro 1 : FUCK la peur !

Allison freine devant le campus, me donne mon sac, bourre mon bras de petits coups de poings.

— *Go American girl !* T'es une guerrière !

Je roule les épaules en arrière, imagine le fil de laine déroulé sur le sol, traverse le campus. Des notes de synthé explosent dans l'air, les étudiants qui bouquinent au soleil se tournent vers la camionnette d'Allison qui klaxonne en rythme. La voix de Luna Parker résonne sur le campus :

« Tes états d'âme sont pour moi Éric comme les États d'Amérique… »

J'éclate de rire, attrape une note de musique qui me porte jusqu'au sixième étage. Je retrouve l'odeur du lino et de la photocopie chaude. Des affichettes placardées sur les murs annoncent « Partiels en cours, veuillez garder le silence ».

Penchée sur l'énorme photocopieuse, Lilia appuie sur les boutons, elle me voit, pose l'index sur sa bouche, me fait signe de filer. J'ouvre la porte de la salle de TD, l'odeur de sueur et de craie me prend à la gorge, une femme d'une quarantaine d'années, très chic en robe Lacoste, me fait signe d'entrer.

— Désolée pour le retard !

— Vous avez de la chance, elle dit avec un accent américain. La photocopieuse est en panne. Vous avez votre lettre de motivation ?

Je lui donne, elle me montre une pile de feuilles roses sur la première table.

— Prenez un brouillon et installez-vous.

Chloé garde la tête baissée, fascinée par les nuages qu'elle griffonne au bic noir. Dans sa trousse, j'aperçois des petits tubes bleus et verts. De l'homéopathie.

— Je suis Katie, poursuit la dame, responsable de Middlebury College en France. J'expliquais à votre camarade que, compte tenu de la situation et du délai très court, je prendrai ma décision dans les deux jours.

Je déglutis, hoche la tête et prends deux feuilles roses qui tremblent au bout de mes doigts. Dans le couloir, un bruit de talons se rapproche, je reconnais le pas pressé de Lilia. Elle passe la tête par la porte, secoue ses boucles noires, prend l'air débordé, agacé.

— Excusez-moi… la photocopieuse !

Elle donne un sujet à Chloé, pose l'autre sur ma table. Elle a dessiné un petit cœur dans le coin gauche de ma feuille et écrit *« rdv cafet après l'épreuve ».* Je caresse le petit cœur du doigt, lève le pouce en direction de Lilia.

Katie ajuste la pince qui relève sa frange.

— J'ai choisi un sujet en lien avec vos œuvres au programme. Vous pouvez commencer, vous avez deux heures.

Douze cœurs de moineaux palpitent dans ma gorge. Je touche ma petite croix. Ferme les yeux. Fuck la peur. Fuck la peur. Fuck la peur.

Je retourne le sujet. C'est un extrait de *The member of the wedding.* L'histoire de Frankie Addams, une fillette mal dans sa peau qui grandit en l'espace d'un été.

Je lis le texte une fois, souligne quelques mots. Entre les lignes, je pose des points d'interrogation, des vagues, des mots, des tirets. C'est parti.

« *The trouble with me is that for a long time I have just been an I person. All people belong to a We except me. Not to belong to a We makes you too lonesome*[1]… »

J'ôte le capuchon de mon stylo avec les dents, le mâchonne un instant, jette un œil à Chloé dont le stylo danse déjà sur la feuille.

C'est parti.

« *Le problème avec moi, c'est que pendant longtemps, j'étais seulement un "je". Tout le monde…* »

« *Belong to* » signifie appartenir à quelqu'un.

Est-ce qu'on peut appartenir à quelqu'un ? Être enchaîné à lui, emprisonné, ou juste… faire partie de sa famille, son clan, sa bande ? Au lycée, j'avais une bande d'amis. Robin, Allison, Marianne, Nicolas, Éric, Sophie. On chantait *Les Copains d'abord*, on avait des rollers et des skate-boards, on ouvrait les canettes de bière avec des briquets et on les buvait au goulot, le dimanche, on allait au marché de Juvisy, on dévorait un poulet sur un banc de la grand place, et en guise de dessert, on tartinait du Nutella sur des piles de cookies. On allait au ciné voir des films d'horreur et on se passait les pop-corns, on faisait des

1. *The Member of the Wedding*, Carson McCullers, Mariner Books, Reprint 2004.

fêtes quand les parents désertaient, les mecs faisaient des concours de pastis jusqu'à 6 heures du matin, on filait dans la ville à vélo, la vie était une cour de récré, on était les rois de Juvisy. J'étais amoureuse de Robin, le plus beau, le plus drôle. Et Robin était amoureux de moi. On s'écrivait tous nos prénoms au Stabilo sur les bras, avec des cœurs et des « *Best Friends for Ever* ». Et on y croyait vraiment. Et puis Robin a couché avec Marianne, avec Sophie. Il a laissé Éric et Nicolas me sauter pendant que je dormais, défoncée au rhum-coca.

Après tout ça, j'ai décidé qu'à part Allison, j'avais besoin de personne.

J'ai Basile et Allison. Sept heures dans une camionnette qui secouait façon machine à laver, et je n'ai pas vu le temps passer. Oui, *belong to someone*, c'est possible.

Des larmes brouillent les lignes et tombent sur ma feuille. Je souris, en lèche une sur ma lèvre.

« Tout le monde appartient à un "nous" sauf moi. Si on ne fait pas partie d'un "nous", on se sent trop seul…

Vraiment trop seul. »

Une crampe au poignet, les joues sèches et les oreilles en feu, je m'assieds à la cafétéria. Le bruit du percolateur et les bavardages des étudiants bourdonnent dans mes oreilles. Une fille squelettique en collants rayés tourne et retourne sa cuillère dans son yaourt nature. Je l'ai déjà vue. Elle mange toujours le même yaourt, à la même heure, avec la même cuillère qu'elle emballe dans une feuille de sopalin. J'ai envie de lui dire que ça va aller. J'ai envie de coller de la pâte à modeler et de l'argile sur ses hanches. La main tremblante, je vérifie la traduction française de *The Member of the Wedding* sur Google. Je n'ai pas fait de contresens, pas d'omissions. Je crois même que j'ai tout bon. Je range mon téléphone, mes doigts rencontrent le cuir du carnet d'Adam, resté au fond de mon sac à dos. Je feuillette les pages, détaille les visages, caresse le portrait de Basile.

Lilia entre en faisant claquer ses talons. Son parfum aux baies remplit la pièce, elle jette son sac sur la table, ôte son grand foulard de soie.

— Alors ma chérie ?

— Je crois que j'ai assuré. C'est Pointurier qui va corriger ?

— Elle ne s'occupe plus de Middlebury.

— Tant mieux. Elle a jamais pu me sacquer.

— Arrête de tout prendre personnellement. C'était pas contre toi. Ça ne venait pas d'elle.

— Pourquoi tu me dis pas ce qu'il s'est passé ?

Elle soupire.

— Je ne veux pas te faire de peine, tu vas péter un câble.

— Je resterai calme. Promis.

— C'est la mère de Basile. Elles sont copines et elle lui a demandé de…

— Mais quelle salope !

Je sors mon portable de ma poche, Lilia retient ma main.

— Arrête. Laisse tomber.

— Tu la défends ?

— Pas du tout. Mais j'ai vu comme Basile est compliqué, sa carrière vient de redémarrer. Et une fille comme toi, elle en trouvera pas facilement.

— Mais c'est pas une raison pour niquer mon rêve !

— Elle l'a pas niqué. Elle s'est assurée que tu partirais en 2021. Écoute, lâche l'affaire. Ça n'a plus d'importance maintenant, t'as réussi ta version. Tu vas partir.

Elle me masse la paume, le pouce, je regarde les bagues en argent qui ornent tous ses doigts.

— Tu crois vraiment que j'ai mes chances ?

— J'ai parlé avec la fille de Middlebury à la pause. Elle a jeté un œil aux versions. La tienne semble super.

— Et celle de Chloé ?

— Elle est bien aussi. Mais c'est pas les notes qui l'intéressent le plus, c'est ta lettre de motivation, elle a adoré que tu aies lancé un journal quand tu étais au lycée, que tu aies un job à côté des cours…

— Je vais partir aux États-Unis ?

Lilia hoche la tête, un sourire excité aux lèvres. J'ai l'impression d'avoir avalé trop d'air, mes poumons se gonflent comme des airbags. Je saisis l'écharpe de Lilia, y enfouis le visage et étouffe un cri. Lilia éclate de rire, me caresse la joue avec le dos de la main, ses bagues en argent refroidissent ma joue brûlante.

— Faut que je trouve du fric pour le billet d'avion.

— No stress, tu vas trouver. T'as tout l'été. Et tu peux faire du baby-sitting pour Léonore, non ?

— Je travaillerai plus jamais pour elle.

— Ne parle pas comme ça. Et Basile, alors ? Ne mélange pas tout. Et pour l'instant, réjouis-toi.

— Merci, Lilia, c'est grâce à toi.

D'un geste de la main, elle chasse ma phrase comme une mouche.

— Des mercis, j'en ai plein le grenier. Tu vas fêter ça ce week-end ?

J'ouvre le carnet d'Adam.

In case of loss, please return to
Adam Lauvernier, Pizzeria Green Pizza, République.

— J'ai envie d'une pizza.

« Adam, ce qui frappe chez vous c'est votre humilité, malgré votre succès mondial vous n'avez pas pris la grosse tête…

— Vous savez, avant d'en arriver à présider le festival d'Angoulême, j'ai ramé. J'ai eu beaucoup de chance et je n'oublie pas d'où je viens. Les années de galère à Paris, les mansardes, livrer des pizzas, distribuer des journaux…

— Et aujourd'hui vous illustrez la Une du *New Yorker* !

— La vie est pleine de surprises… »

Le manager frappe sur le comptoir.

— Hé ! t'as bientôt fini de peloter les pleurotes ? On a trois pizzas de retard.

Adam sursaute.

— Réveille-toi ! On est à la bourre !

La friteuse bourdonne, Floriane tire sur les manettes des boissons, jongle avec les gobelets. L'écran des commandes bipe en continu.

Il plante des sachets de sauce piquante dans un carton fumant, écrit « Mushroompanic XXL » au marqueur noir, fourre le carton dans un sac en kraft, écrit le prénom d'un client au marqueur noir. Floriane lui tend un gobelet rempli à ras bord :

— Elle est pas canon, ma limonade ?

— Elle est parfaite !

Il coulisse la petite trappe du passe-plat, penche la tête dans l'ouverture. La fille aux fourneaux a le visage luisant, les yeux à moitié fermés.

— Encore une Persilattack et deux Fenouilqueen !

Elle ne répond jamais, mais elle enregistre tout.

— Ton filet à cheveux, c'est pas pour faire joli, râle le manager.

Adam réajuste son filet.

— Et un client a téléphoné, t'as oublié le poulet de la Chickenpizza ! Tu m'expliques ce que c'est, une Chickenpizza sans Chicken ?

— Tu peux me filer un coup de main ?

— Je suis le manager. Je manage.

La pompe d'Orangina se met à crachoter, asperge la fille des boissons qui hurle comme si c'était de l'huile bouillante.

— Fait chier !

Adam donne un coup de coude dans la machine, court vers la friteuse qui s'est mise à siffler, signe que les pilons de poulet sont prêts.

— J'ai besoin de pickles ! crie la fille aux fourneaux par la porte du passe-plat.

Un œil sur le tableau des commandes, il ouvre du bout du pied la porte du mini-frigo, coince un gros bocal de cornichons sous son bras.

— Y'a la friteuse qui bipe, s'agace Steve.

La cloche d'entrée carillonne, Adam se retourne :

— Bienvenue chez Pizza Green !

C'est Victoire, avec sa veste en jean, sa frange brune, son carnet à la main.

— Salut !

Adam enlève sa toque en papier, ses gants en caoutchouc, se précipite vers elle.

— Qu'est-ce que tu fais là ? J'avais plus de nouvelles, j'ai cru que je ne te reverrais jamais !

— Je voulais te rendre ton carnet avant que tu partes en Italie.

Il regarde son œil bleu, son œil gris charbon, ne sait pas à quel œil sourire, sourit quand même.

— Comment tu sais que je pars ?

— Je l'ai vu sur Facebook, répond Victoire.

— Tu m'espionnes ?

Des plaques rouges grimpent sur le cou et les joues de Victoire.

— Ça me plaît, dit Adam. Ça me plaît beaucoup. Je pars lundi. Qu'est-ce que tu as prévu ce week-end ?

— Rien, je suis en vacances.

Il dénoue son tablier.

— Tu fais quoi ? lance le manager.

— Je pars en vacances !

— Où ça ?

Adam se retourne, jette son filet à cheveux en l'air.

— À Paris !

On a marché jusqu'au parc des Buttes-Chaumont sans cesser de parler. Il fait chaud et moite. On est passés par les quais du canal Saint-Martin où les gens pique-niquent et jouent à la pétanque. Dans les squares, certains bronzent en maillot de bain. Je raconte la Normandie, Basile, Middlebury. Je lui pose mille questions sur sa vie. Il aime le chœur russe dans les couloirs de Châtelet, faire du vélo la nuit, il relit le tome 4 d'Harry Potter chaque année. Quand il est arrivé à Paris, il a essayé de faire le tour de sa chambre avec des tickets de métro scotchés au mur. Il porte des Reebok Classic depuis le collège. Il en change quand la semelle est trouée et il a gardé les premières, c'était celles de son meilleur copain, Simon.

Assis sur un banc face à l'étang, on pioche des amandes grillées et sucrées dans un sac en papier. J'en jette une au cygne qui la pêche, étend ses ailes, les fait battre sur l'eau. Adam le dessine sur son carnet, lui ajoute des antennes et des crocs.

— Qu'est-ce que tu fais ?

— Des recherches, pour ma bande dessinée. C'est de la science-fiction. Tu peux lever un peu le menton ?

Il termine son dessin, tend la main vers mon visage.

— T'as une bestiole dans les cheveux.

Je me redresse d'un coup sec.

— C'est quoi ?

— Panique pas, c'est juste…

Il tire une petite araignée entre ses doigts, la balance d'une pichenette.

— Elle est où ?

— T'es toute blanche. Qu'est-ce qu'il se passe ?

La main sur mon oreille pliée, je murmure :

— J'ai la phobie des insectes dans l'oreille.

— Qu'est-ce que tu racontes ? il dit en s'efforçant de ne pas sourire.

— Vas-y, rigole, je sais que c'est ridicule.

— C'est juste la première fois que j'entends ça.

— Ça a commencé quand j'étais petite. Un perce-oreille. Ma mère l'a enlevé avec une pince à épiler.

— Tu t'en souviens ?

— Elle me l'a raconté. C'est possible, tu sais. J'ai vu plein de vidéos sur internet. Te moque pas, c'est déjà suffisamment honteux comme ça.

— Je me moque pas. Regarde…

Il sort son porte-clés de la poche de sa veste, me montre deux figurines de super-héros.

— Ton porte-clés ? je dis. Ça n'a rien à voir ! C'est rigolo…

— Attends, attends.

Il détache Thorgal, Superman.

— Je te présente mes guides spirituels.

— Superman ? et… c'est qui lui ?

— Tu ne connais pas Thorgal ?

— Non.

— C'est un grand guerrier viking. L'ultime descendant du peuple des étoiles. Il n'a peur de rien. Superman a un sens aiguisé de la justice. Quand je ne sais pas quoi décider, je leur demande ce qu'ils feraient à ma place.

— Et ça marche ?

— Les gars, dit Adam. Est-ce que je dois embrasser Victoire ?

Il porte Thorgal contre son oreille, puis Superman.

— Alors ça, c'est dingue.

— Qu'est-ce qu'il y a ?

— C'est bien la première fois qu'ils sont d'accord !

— Qu'est-ce qu'ils disent ?

— Que je dois me faire un peu désirer.

Je ris, regarde les yeux vert pâle d'Adam, son grand nez, son menton pas rasé, sa bouche que j'ai envie d'embrasser. Que j'ai terriblement envie d'embrasser, que j'embrasse.

Son baiser roule sous mon pull, sous ma peau, mes hanches, aspire un peu de mon air. C'est bon, c'est trop bon, je veux que ça dure encore. Une mèche de mes cheveux se colle entre nos lèvres, il l'enlève doucement, écarte son visage, glisse la mèche derrière mon oreille, à sa place. Mais dans mon corps, plus rien n'est à sa place. Mon cœur surtout, j'en ai des millions qui cognent au bout de mes doigts, dans mes poumons, mon jean.

Une goutte de pluie se mêle à notre baiser, suivie d'une autre, suivie de mille. Le ciel devient gris, quelqu'un a posé un couvercle sur Paris. Adam jette sa veste sur nos têtes, pour faire un petit chapiteau.

— Où est-ce qu'on va ? je dis.

— Je connais un endroit génial, au sixième étage d'un immeuble de la rue de Dunkerque.

LUNDI

On a passé ces deux jours et ces trois nuits dans la chambre d'Adam, sous les toits de Paris. Rideaux tirés pour ignorer les éclaircies ; téléphones éteints, sauf pour commander des pizzas, des sushis. Notre seul contact avec l'extérieur était les livreurs qui restaient sur le pas de la porte sans un coup d'œil à la chambre, aux habits épars, aux draps en tapons. Allongé tout contre moi, Adam respire doucement. Mes orteils rencontrent un crayon au bout du drap, mes jambes frottent les brisures de gomme éparpillées sur le matelas. Adam dessine tout le temps, même dans son lit. J'ouvre les yeux sur le plafond à la peinture écaillée. Des images de la nuit me reviennent par flashs. Nos corps confondus, ses dents sur mes seins, sa langue qui trace des cercles, dépose des notes pointues, dessine des accents aigus, tend mon corps dans une crampe infernale. Comment c'est possible, ça ? Une petite pointe de langue contre tout un corps, David contre Goliath. J'en veux encore.

Entre les rideaux, j'aperçois un triangle de ciel bleu, des flaques de soleil brûlent sur les toits de tôle. J'aurais voulu que la pluie ne s'arrête jamais de tomber. Que l'escalier de l'immeuble s'effondre et qu'on reste au sixième étage. Enfermés à tout jamais dans ce donjon moite.

Mais les deux jours et les trois nuits sont finis. Le soleil est revenu à Paris. Et Adam, dans quelques heures, part en Italie.

Pour l'instant, allongé tout contre moi, il dort ! Il ronfle, même. Et je voudrais qu'il se réveille. Je passe le doigt sur les muscles de son dos, je me serre contre lui, mes seins contre sa peau, mon sexe contre ses fesses, ma bouche sur sa nuque.

— Réveille-toi, je chuchote.

Il grogne, se retourne, soulève son bras, m'accueille sur son torse. J'y pose la tête à plat, respire sa sueur du matin, ouvre la bouche, lèche sa peau un peu salée. Il m'embrasse dans les cheveux.

— Bonjour.

Il me caresse la joue du bout du doigt, dessine une bulle autour de mon sein droit, joue avec ma petite croix.

— Tu crois en Dieu ? il dit.

— Tu trouves ça bizarre ?

— Pas du tout. Je crois en plein de trucs un peu mystiques. Les anges gardiens, par exemple.

— Les anges ?

— Je crois que mon pote Simon veille sur moi. Il a eu un accident sur le périph quand on avait dix-huit ans.

Avant que j'aie le temps de réagir, Adam continue :

— Il est mort il y a longtemps, et ça ne me rend plus triste. Au contraire, ça me donne de la force, je suis sûr qu'il est là. Tu connais la chanson *Popcorn* ?

— Oui.

Je ne connais pas, mais je ne veux pas sembler inculte.

— On adorait la version des Hot Butter. Tous les ans, on courait les vingt kilomètres de Lorient. L'année de sa mort, j'ai couru tout seul, je portais ses Reeboks. Et devine ce qu'ils ont passé comme chanson juste au moment du départ ?

— *Popcorn*, je dis en souriant.

— À fond dans les haut-parleurs. C'était peut-être une coïncidence, mais grâce à ça, j'ai battu notre record. 47 minutes 23. À l'arrivée, j'ai pleuré et puis je n'ai plus jamais pleuré. Quand je doute, quand j'ai peur de pas y arriver, je pense à lui et il me donne de la force. Je lui ai promis de publier une bande dessinée, je le ferai.

Je hoche la tête, je voudrais trouver quelque chose à dire, mais quoi ? Les doigts d'Adam courent le long de mon bras.

— Café ? il dit.

— Café.

Il enfile son caleçon, se lève, je m'enroule dans le drap et referme les yeux. Je l'écoute. Il lance un vinyle, le disque crachote sous le diamant, deux coups de batterie et :

« *Roll bus roll, take me off*
A rolled sweatshirt makes the window soft. »

Je ne connais pas cette chanson, mais je sais déjà que je l'écouterai en boucle en pensant à lui, à cette nuit. Et que les lézards reviendront me grignoter l'estomac. J'entends Adam vider le café d'hier dans l'évier, remplir sa cafetière italienne, visser le couvercle, allumer la plaque électrique. Il ouvre la fenêtre, l'odeur de sueur s'envole par la fenêtre avec le souvenir de nos baisers et nos caresses. Un gros chat roux se faufile dans le courant d'air et bondit sur le matelas. Il se colle à mon bras.

— T'as de la chance, dit Adam en s'asseyant. D'habitude, il n'aime personne.

Il me donne une tasse en émail blanc qui me brûle les doigts. Le chat se roule en boule contre moi, ronronne. Je me sens privilégiée.

— À l'Amérique ! dit Adam en tendant sa tasse.

Nos tasses se heurtent dans un bruit de ferraille. Il s'adosse au mur, je m'installe dans ses bras. Mes yeux se perdent dans les volutes de mon café.

— Si je pars vraiment à Middlebury, on ne se verra pas pendant six mois.

Il soulève une mèche de mon oreille et murmure :

— Tu vas partir. Et on s'enverra des nouvelles. On s'appellera.

Je décolle mon dos de son torse pour qu'il ne sente pas mon cœur battre. Je prends une gorgée brûlante.

— Je veux te faire un cadeau, dit Adam. Ferme les yeux et tends la main.

Il pose un petit objet au creux de ma paume. J'ouvre les yeux, c'est Thorgal, hache en avant.

— Pour ne plus jamais avoir peur, il dit.

Une pluie de grêlons s'abat sur la vitre de la fenêtre mansardée.

— C’est foutu pour aller se promener avant mon départ, il soupire en exagérant un air dépité. On va être obligés de rester enfermés dans cette chambre minuscule.

— Mince alors…

Il m’embrasse l’oreille, le cou, la bouche, il sourit sous mes lèvres et je murmure :

— Encore.

Journal de bord de Basile Cavrois.
Dans le bus 31, le 15 juin 2020, 16 h 30.

Cher journal,

Des grêlons en juin. C'est terrifiant, mais cela pourrait être pire. Ce n'est que de la glace. Il pourrait tomber du ciel des grenouilles congelées, aspirées par un courant ascendant, recrachées sur la terre. On pourrait être en 2100 et la température de la Terre aurait augmenté de sept degrés. Cela arrivera un jour, mais pas aujourd'hui. Aujourd'hui encore, tout va bien se passer. Je t'écris depuis le bus 31, j'ai composté mon ticket, je me suis assis sur les sièges du fond. Mon siège préféré était libre, c'est un bon présage. C'est la deuxième fois que je prends le bus seul, je n'ai pas vu Victoire depuis trois jours. Vendredi, ma mère est venue me chercher. Victoire avait envoyé un sms à mon intention. Je le recopie ici : « Coucou Basilou, je ne peux pas venir te chercher au collège ce soir, ne reste pas tout seul à la récréation, je pense fort à toi ! »

Cher journal, fais revenir Victoire.

Assise sur un banc du square des Épinettes, je guette l'arrivée du bus 31. Un rayon de soleil a chassé la grêle. Un type en jogging chronomètre une vieille dame qui fait des flexions sous le kiosque vert, deux enfants complotent sous le toboggan. Je frotte mes bottines, blanchies par la poussière des graviers.

Le bus s'arrête et Basile descend, les poings serrés sur les bretelles de son sac à dos et la tête basse, cachée par sa chapka orange. Il ramasse une feuille de marronnier, l'inspecte.

Une phrase me cingle les oreilles. *« Si on ne fait pas partie d'un "nous", on se sent trop seul. »*

Frankie Addams a raison, si on n'appartient à personne, on n'existe pas.

Il passe devant moi sans me voir.

— Tu ne dis pas bonjour à ta baby-sitter exceptionnelle ?

Il lève les yeux.

— Tu es venue !

Il entoure ma taille avec ses bras, je le serre contre moi.

— J'ai eu une de ces peurs, j'ai cru que tu m'avais abandonné.

— Je ne peux pas me passer de toi.

— J'ai pris le bus seul. Je défie l'impossible en ce moment. Comment s'est passée ta version d'anglais ? Tu vas partir aux États-Unis ?

— Oui. Et on va passer l'été ensemble.

— Juillet-août ?

— Juillet-août ! Et quelques jours de septembre aussi.

— Sais-tu d'où vient le nom septembre ?

— Non, mais tu vas me le dire.

ÉPILOGUE

Journal de bord de Basile Cavrois.
Dans ma chambre. Le 3 septembre, 12 h 45.

Cher journal,

Je souhaiterais que toute l'année soit un mois de septembre. J'aime les cahiers neufs sous plastique, les stylos pas mordillés, les bonnes résolutions. J'aime que Victoire ne soit pas encore partie en Amérique. Ma maman lui a offert une belle valise bleu marine pour se faire pardonner. De quoi ? Je n'en ai aucune idée. Nous avons passé un très bel été ensemble à lire à l'ombre des tilleuls du square des Épinettes. C'est là que j'ai rencontré Luce, qui va dans le même collège que moi. J'ai l'espoir de devenir son ami. C'est une élève à part que toute la classe respecte. Elle porte des lunettes rectangulaires, une queue de cheval basse et des polaires Décathlon. Sa table est toujours encombrée de stylos à l'encre parfumée et de nounours fluo, elle porte un énorme sac à dos bourré comme pour un bivouac. Elle n'est pas très concentrée en classe mais recopie le tableau en soulignant la leçon de traits roses, verts, violets. Elle semble souvent un peu égarée. Elle m'a offert trois portraits de moi, transformé en personnage manga, avec des yeux de couleurs différentes. Nous habitons le même quartier, nous prenons le bus ensemble et j'ai grand espoir d'oser un jour l'inviter à prendre le goûter. Elle aura peut-être la permission de 17 h 30. J'évite de parler de Luce à Victoire, je ne veux pas qu'elle soit jalouse.

Cher journal, ce jour marque la fin de mon carnet de voyage. Avec mes devoirs et ma nouvelle amitié à entretenir, je n'aurai pas le temps d'écrire.

Une belle journée commence,

Basile Cavrois.

En tailleur sur le parquet de ma chambre, je contemple les murs blancs, les étagères vides, le grand sac poubelle au milieu de la pièce. J'y ai jeté les vingtaines de sachets de gâteaux planqués sous mon matelas, ma guirlande de lumière aux ampoules crevées, les cartes postales du musée d'Orsay, la liste de mes bonnes résolutions de l'an passé. Celle qui disait :

— *Être à la hauteur de mes ambitions*
— *Faire trente abdos par jour*
— *Lire un livre par semaine*
— *Pas de sucre*
— *Atteindre 54 kilos.*

Adam m'a envoyé une chanson de rap qui dit : *« j'comprends pas pourquoi tu t'inquiètes quand tu prends du poids pour moi c'est ça d'pris ça fait toujours plus de toi »*[1].

Je crois qu'il a compris.

1. « Paradis », Orelsan, *La fête est finie*, Wagram Music / 3ème Bureau, 2017.

J'ouvre ma valise, je plie mes jeans, ma doudoune. Je couche Thorgal sur le livre *Le Corps des femmes*. Après toute une vie avec Adam et Superman, pour Thorgal aussi, c'est l'aventure. Je le prends en photo, l'envoie à Allison qui répond :

RDV canal de l'Ourcq ?

C'est encore l'été sur le canal, je me sens comme un morceau de la ville. Les Parisiens déjeunent en terrasse, des ouvriers démontent les buvettes de Paris Plage. Allison et moi, on s'est assises au bord de l'eau. Une péniche passe, remplie de touristes qui prennent les quais en photo, Allison leur fait de grands signes. On partage un burger dans lequel on mord chacune notre tour. Le ketchup dégouline sur nos doigts, coule sur nos poignets. Allison prend une frite dans son cornet.

— Flic-Flac, la frite est flasque, t'en veux une ?

— Non merci.

Je soupire, m'allonge sur les pavés, pose la tête sur ses cuisses nues. Elle porte un short en jean, son espadrille balance au bout de son pied bronzé, son talon est sec à force d'avoir marché pieds nus dans l'appartement.

— T'as des nouvelles d'Adam ?

— Rien depuis deux jours.

— Tu stresses ?

— Je me raisonne.

— N'oublie pas que ça existe, les gens qui veulent s'engager.

Passe une barque jaune avec un type en survêtement bleu canard, on entend le bruit régulier des rames.

— La semaine passée, je lui ai envoyé un selfie en soutif. J'avais jamais fait ça avant.

— Fais gaffe, prochaine étape, le purgatoire.

— Ça fait trop la fille à fond, non ?

— Ça fait la fille amoureuse. Qu'est-ce qu'il a répondu ?

— « Meilleur matin. »

— Il est accro.

Elle me caresse le front, je prends sa main.

— Tu vas me manquer, je dis.

J'écaille le vernis de son pouce.

— Arrête, tu me bousilles les ongles ! Qu'est-ce qu'on va faire pour ta dernière journée à Paris ? La grande roue aux Tuileries ? Un karaoké chinois à Belleville ? Manger des beignets à Saint-Germain-des-Prés ?

— Basile nous invite à prendre le thé.

— Par-fait !

Dans le salon de la rue des Épinettes, Basile pose une grande assiette de cookies sur la table basse et allume la télévision sur un match de l'Open US.

— Savez-vous qu'au tennis, le Grand Chelem est le fait de remporter, la même année, les quatre tournois majeurs du circuit international ? dit Basile.

Sa nouvelle coupe de cheveux, plus courte sur les côtés, lui donne l'air plus âgé. Allison jette un œil au match à la télé, allonge ses jambes sur le canapé.

— Cette chaleur me tue, vivement l'hiver, elle dit en attrapant un cookie. Ça sent trop bon. T'as mis de la cannelle ?

— Et de la farine de châtaigne. Tu en veux, Victoire ?

Dans l'assiette, je choisis le plus petit. Il est encore tiède et fond dans ma bouche en laissant un petit goût salé.

— Délicieux.

Basile s'assied à côté de moi, je joue avec le bracelet brésilien qu'il porte au poignet, une tresse de fils verts et bleus.

— C'est joli, ça, c'est un cadeau de Luce ?

— Elle me l'a offert hier, il répond en prenant l'air indifférent, c'est un simple témoignage d'amitié.

— C'est ton amoureuse ? demande Allison.

— Je crois qu'on pourra bientôt l'affirmer.

— Tu lui as dit je t'aime ?

— Évidemment !

Mon téléphone vibre sur le canapé.

— C'est Adam !

— Dis-lui que tu l'aimes, se précipite Basile.

— Surtout pas ! dit Allison. Fais la fille détachée !

Je leur fais signe de se taire, décroche, Basile articule :

— DIS-LUI JE T'AIME.

Je secoue la tête, non, non, non !

— Salut, dit Adam.

Je ne suis plus qu'une oreille collée au combiné. Une oreille qui essaie de prendre une voix détachée.

— Salut, je dis, tu fais quoi ?

— Je bosse comme un fou. On a un problème de réseau. Je suis monté en haut d'une colline pour pouvoir t'appeler. Je voulais te dire que je pense à toi, pour l'avion, demain. Tu n'as pas trop peur ?

— Pas vraiment, je pense que je réaliserai quand j'y serai.

— Allison te dépose à l'aéroport ?

— *Yes*, on est ensemble là, avec Basile. On regarde l'US Open.

— Bonjour Adam ! crie Basile.

Il pose les mains sur mes genoux et hurle :

— DIS-LUI QUE TU L'AIMES !

Allison le tire par les épaules, le bâillonne avec la main.

— Qu'est-ce qu'il a dit ? demande Adam.

— Rien, laisse tomber.

Allison et Basile m'observent, suspendus à mes lèvres, on n'entend plus que la balle de tennis à la télévision.

Silence en Italie.

Silence à Paris.

— Allez, répète-moi ce qu'il a dit, insiste Adam.

À l'écran, un joueur frappe la balle hors de la zone de jeu et jette sa raquette sur la terre battue.

— Il a dit Grand Chelem !

Je raccroche, serre le téléphone contre ma poitrine.

— Je suis très fier de toi ! s'exclame Basile. Tu as enfin montré tes sentiments.

Allison me donne un petit coup de son pied nu.

— Tu l'as diiiiiit !

J'attrape son orteil, le chatouille, elle part dans un rire hystérique.

— Stop ! Stoooop !

Mon téléphone vibre contre mon T-shirt.

— Je parie que c'est encore lui, dit Basile en essuyant les miettes sur son menton.

— Il m'a envoyé un mail, je dis dans un sourire. C'est bizarre…

— Quoi ? dit Allison en se redressant.

— J'ai même pas peur d'ouvrir son mail. J'espère que je suis encore amoureuse.

Allison secoue la tête, balance le coussin au bout de la pièce dans un geste désespéré et s'affaisse sur le canapé.

— J'abandonne.

Basile se laisse tomber sur son pouf.

— Moi aussi, j'abandonne.

De : adamlauvernier@gmail.com
A : victoire.monet@gmail.com
Objet : Couv' BD

C'est le premier essai pour la couv' de ma bande dessinée. Qu'est-ce que tu en penses ?

P. S. : Grand Chelem.

Je clique sur la pièce jointe et l'image s'ouvre.

Debout sur une planète qui ressemble à Mars, une fille en veste en jean tient la main d'un enfant. Il porte une chapka orange.

Au-dessus d'eux flotte un titre en lettres jaune fluo :

Les Imbattables.

REMERCIEMENTS

Katherine, merci puissance 10 000

Constance et Véronique, imbattables éditrices,

Anna, tes conseils d'écriture qu'on ne trouve pas dans les livres,

Sœur Amélie,

Merci à ceux qui m'ont prêté un coin de table, une chambre, une oreille, un oreiller, un lit, un canapé : Elliot et Margaux, Périne et Jojo, Maman, Mathou, Papa, Mamie Solange, Farid

Émilie (tes états d'Amérique) et par ordre alphabétique :

Anne, Camille, Flo, Hugo, Julie, Julia, Marie, Mégui, Nolwenn & Jerome, Sarah, Sophie, Théo, Valentin, Vannina, Wolfman, Zozo.

Et enfin, et surtout, des enfants exceptionnels :

Anaïs, Danny, Enzo, Charlotte, Jean Otto, Max, Noa, Raphaël.

De la même autrice :

C'est où, le Nord ? Albin Michel, 2016.

PAPIER À BASE DE FIBRES CERTIFIÉES

Le Livre de Poche s'engage pour l'environnement en réduisant l'empreinte carbone de ses livres. Celle de cet exemplaire est de :
150 g éq. CO_2
Rendez-vous sur www.livredepoche-durable.fr

Composition réalisée par PCA

Achevé d'imprimer en France par
CPI BRODARD & TAUPIN (72200 La Flèche)
en avril 2022
N° d'impression : 3047593
Dépôt légal 1re publication : mai 2022
LIBRAIRIE GÉNÉRALE FRANÇAISE
21, rue du Montparnasse – 75298 Paris Cedex 06

87/1106/8